浪人上さま 織田信長
大江戸戦国剣

中岡潤一郎

コスミック・時代文庫

この作品はコスミック文庫のために書下ろされました。

目次

第一話　遊郭にて

一

長生きすると、たいていのことには驚かなくなる。

織田信長《おだのぶなが》はそう思っていた。

かつては合戦の場で百丁の鉄砲に撃ちまくられたこともあったし、武者の一団に後方から追われたこともあった。長篠《ながしの》では、武田《たけだ》騎馬武者の、それこそ波のような攻勢を受けて馬防柵《ばぼうさく》が揺れる様子も見てきたし、長島《ながしま》の一向一揆《いっこういっき》では農民に囲まれて、甲冑《かっちゅう》をさんざん竹槍《たけやり》で突かれた。

極めつきは本能寺《ほんのうじ》で、明智《あけち》十兵衛《じゅうべえ》光秀《みつひで》率いる一万五千の兵に、鼠《ねずみ》の逃げる隙間《すきま》もないほどにまわりを囲まれた。あざやかな手際《てぎわ》に思わず声が漏《も》れたほどで、あのときは本当に終わりだと思った。

正直なところ、こうして慶長十二年の江戸で、静かに穏やかに暮らしているのは奇跡と言っていい。あとは何事もなく、淡々《たんたん》と暮らしていくだけだと思っていたが……。

世界は、脅威と不条理に満ちている。

信長は、目の前の騒ぎを驚嘆しながら見ていた。

「動くなと言っているのが、わからぬのか」

松葉《まつば》色の小袖《こそで》に濃紺の袴《はかま》といういでたちの侍が、刀を突きだした。

「動けば、斬る。容赦なく首を刎《は》ね飛ばすゆえ、おとなしくしていろ」

切っ先は、武家の前に座る女に向けられている。黒地に牡丹《ぼたん》を染め抜いた小袖を身にまとい、この御時世には珍《めずら》しい幅《はば》の広い帯を締めていた。

高く結いあげた髪と小さく形の整った唇が目を惹《ひ》く。

女は名をたきといい、柳町の三浦屋《みうらや》に身を置く遊女である。

その美しさは京橋のみならず、日本橋や神田方面でも評判で、先だっては名の通った大名がたきを見るためにわざわざ三浦屋を訪れたし、京の呉服屋である嵯《さ》峨屋与兵衛《がやよへえ》は、江戸に来た際にたきと遊ぶため、店を一日、借りあげた。

名の通った商人や武家だけが相手にでき、驚くほどの高みにいる美しい女が、いま風采《ふうさい》のあがらぬ侍に刀を突きつけられて、その身が危うい状況にある。

「本当に斬り捨てるぞ」

「なにもしませんよ。少し落ち着いてくださいませんか、お武家さま」

たきの声は穏《おだ》やかだった。屛風《びょうぶ》を背に座る姿にもゆとりがあり、切っ先を突きつけられているのに、まったく動じた様子を見せていない。

「まずはお話をしましょう」

「俺は落ち着いている。よけいなことを言うな」

「切っ先を揺らして、よくもまあ。気が高ぶりすぎていますよ」

たきは笑った。

「店の者は逃げだしましたから、残っているのはこの座敷にいる六人だけです。あなたと私と、禿《かむろ》がふたり。あとは、そちらにいるふたりのお武家さま。あなた以外は、か弱い女と娘、遊び人のお武家さまと髪の白い爺さままですよ。誰もあなたを襲ったりしませんから、まずは心を静めてくださいませ」

「そうとも。その女の言うとおりだ。よけいなことはしないし、するつもりもない」

信長が両手をあげて賛同すると、武家は赤い瞳を向けてきた。

頬《ほお》の肉は削《そ》げ落ち、胸板もひどく薄い。月代《さかやき》は手入れされておらず、髷《まげ》の結びもいい加減である。汚れた小袖を見れば、落ちぶれていることがわかる。

おそらく浪人だろう。主家を追われて苦しい生活を続けていたに違いなく、心にも身体にもまったく余裕がない。

それは、追いつめられたら、なにをしでかすかわからないことを意味している。

実際、こうして遊郭《ゆうかく》に刀を持って押し入り、遊女を閉じこめている。すでに道を大きく踏み外しており、激昂《げっこう》すれば、本当に全員を叩き斬るかもしれない。

信長は、おもねるような口調で語りかけた。

「おぬし、名は遠野《とおの》といったな。遠野親兵衛《しんべえ》とか」

「そ、そうだ」

「おぬしがこの三浦屋に押し入ったのは、それなりの思いがあってのことだろう。それはよくわかる。とてもわかっている。いや、待て、そんな目で見るな」

遠野が唸《うな》ったので、信長はわざと手を振り、おどけてみせた。

「気持ちはわかる。だが、儂《わし》はこの店で、ちょっとした用事をこなすだけの単なる爺だ。なにもできないし、するつもりもない。だから、もう家に帰してくれんかね。遅れると、口うるさい奴に文句を言われて、大変なことになるのだよ。だから、なんとかならぬか」

遠野と呼ばれた武家は、なにも言わない。顔は赤いままだ。

やむなく信長は、かたわらの武士を見やった。

「おぬしもそうであろう。なあ」

鶴《つる》が飛ぶ姿を染め抜いた茜《あかね》色の肩衣《かたぎぬ》に、黒の袖なし羽織《はおり》という、かぶき者にしか見えない格好の男は、しばらく信長を見ていたが、やがて盃《さかずき》を手にすると、みずから酒をそそいで飲み干した。

ゆったりとした仕草《しぐさ》には、迫力があった。それをもたらしたのは、身体の大きさだけではない。振る舞いの奥底にある、なにかである。

「俺はかまわんぞ。好きにしてくれて」

男の口調は、おおらかだった。

「巻きこまれてしまったものは、どうにもなるまい。むしろ、中途に放りだされると、先行きが気になって、夜も眠れなくなる。儂はここで見物しているから、好きにやってくれ」

遠野の目がつりあがるのを見て、信長は舌を打った。

なんてことを言ってくれる。もう少し空気を読め。

　ここで煽ってどうするのか。遊郭に抜き身を持って踏みこんでくるだけでもただ事ではないのに、よけいな話で刺激するとは。皆殺しにされても、おかしくはない。

　いったい、この男は何者なのか。

　信長は、壁を背にして座るかぶき者の男を見つめる。

　たきの客であるということをのぞいても、相当に身分の高い人物であることはわかる。酒を飲む仕草ひとつ見ても典雅《てんが》で、礼儀作法を叩きこまれていることが見てとれた。言葉遣いも上品だ。

　なにより、ただ座っているだけの姿に、余裕を感じさせられる。傅《かしず》かれることに慣れている者だけが持つ、独特の空気を漂《ただよ》わせている。

　戦国の世を生きのびてきた武家……しかも、名のある大名。

　信長は、あらためて武家を見つめる。

　目を惹くのは、荒々しく結ばれた髷でも、軽やかな笑みを浮かべる口元でもない。

　精悍《せいかん》な容貌と、右目を覆《おお》う眼帯。

　隻眼《せきがん》の大名といえば、思いあたるのはただひとりだけだ。

だが、それほどの人物が町の遊女屋に出てくるものか。普通に考えればありえないが、なぜか完全には否定しきれなかった。もしかしたらと思わせるだけの行状が過去にはあるのだから。

思わず信長が口元をゆがめたところで、店の外から声がした。なにやら呼びかけている。

その声には聞き覚えがあった。

二度、三度と続くと、全員の視線が、閉ざされた障子に向いた。

「話がしたいようだな。呼びかけてきている」

「うるさい」

「まあ、聞け。放っておいてほしい気持ちはわかるが、このままだと騒ぎが大きくなって、お上《かみ》の手の者が押し寄せてくる。奴らは荒っぽいぞ。取り囲んだら、それこそ全員が刀を抜いて、襲いかかってこよう。相手は、十人か二十人。さすがにおぬしひとりでは相手になるまい。鱠《なます》のように切り刻まれて、あの世へ行くことになる」

「…………」

「斬り殺されることが望みというのならば、それでもよい。ただ、死体があらためられれば、身元があきらかになろう。そのときには、かつて仕《つか》えていた家に迷惑をかけることになるが、それでよいのか。遊郭でお上の手の者に斬り殺されたとなれば、主君はお咎《とが》めを受けるやもしれぬ。場合によっては、取り潰しということもありうるだろうな」

信長の言葉に、遠野の顔がゆがんだ。効果があった。

ひどく痩《や》せていて、顔は骨張《ほねば》っていたが、それでも目の奥底には強い輝きがあった。それが、単なる武辺者《ぶへんもの》でないことを示している。

遠野が浪人であることはたしかだが、主家を去ってから、そう時は経っていないと信長は見ていた。だからこそ、あえて主君の話を持ちだしたのである。

「まあ、ここは儂にまかせろ。悪いようにはせぬよ」

信長は立ちあがった。

二

三浦屋を出ると、信長は正面で待つ老僧《ろうそう》に歩み寄った。

墨《すみ》染めの直綴《じきとつ》に、白脚絆《しろきやはん》に草鞋《わらじ》、五条袈裟《ごじょうげさ》というよそおいで、右手に太い木製の杖《つえ》がある。さながら、これから旅に出るかのように見えるが、あいにくと普段からこの格好だ。

信長を見つめる顔は皺《しわ》だらけで、肌も乾《かわ》いているが、瞳の奥にある輝きだけは、以前と変わらぬ強さだ。

はじめて会ったときも、同じ瞳で信長を見ていた。それがなんとも心地《ここち》よく、そして忌ま忌ましい。

「やはり、おぬしだったか。よく声が聞こえた」

信長は笑いながら語りかけた。

「おかげで、あの座敷から出ることができた。もっとも、すぐに戻らねばならんがな。儂が戻らなければ、禿をひとり殺すそうだ。まだ十になったばかりのかわいい娘でな。さすがに見捨てるのは心苦しい。さて、まずは飯だな。なにか用意してくれ。腹が減ってはどうにもならぬ」

信長がまくしたてている間、僧形の老人は無言だった。

口元は引き締まり、目はわずかにつりあがっている。あたかも信長を咎めているようで、なんとも嫌な気分だった。

十分に間を置いてから、僧形の老人は口を開いた。

「いったい、なにをなさっているのですか。上さま」

声は低かった。こみあげる怒りを懸命におさえているようだ。

「遊郭で、しかも浪人者によって閉じこめられているなど……いったい、なにがどうなれば、このようになるのですか」

「そう言われてもな」

信長は頭を搔《か》いた。

「たまたま遊郭の近くにいたら、刀を持った侍が乗りこんできて、そのまま引っ張られるようにして座敷にあげられ、あとは遊女と禿、その客らしき武家と一緒に押しこめられた……というわけだ。刀があれば叩き斬ってもよかったが、あいにくと手元になくて、どうにもならなかった」

憎形の老人は、なおも睨みつけている。さすがに、信長も腹が立ってきた。

「言いたいことがあるなら言え。明智十兵衛光秀」

老僧の瞳がわずかに揺れた。

「おぬしは、いつもそうだ。じっと睨みつけてきて、目で儂を咎める。なにも言わずに、こちらに悪かったと思わせる。叡山《えいざん》を焼き討ちしたときもそうだったし、松永久秀《まつながひさひで》を討つと決めたときもそうだった。本能寺の前に、おぬしを咎めたときも、同じ態度であったぞ。年なのだから、少しは振る舞いをあらためよ」

「上さまが変わらぬから、こちらも変われないのです。騒ぎを起こさないでくれれば、どれほど楽か」

光秀と呼ばれた僧は、語気を強めて言い返した。

「上さまは、どこまでいっても織田信長なのです。第六天魔王《だいろくてんまおう》として、天下に名を轟《とどろ》かせていたときと同じです。年を経てこの江戸で暮らしても、まったく中味は変わらない。騒ぎの中心にはいつも、上さまがいらっしゃいます。いったい、どうなっているのか」

「儂のせいではないぞ……たぶん、今回はな……」

元凶は浪人で、自分は巻きこまれただけだ。

そう言ってやるつもりだったが、信長はきわどいところで口をつぐんだ。

言っても信じないだろうし、実際、騒ぎの中心にいることは変わりがない。さらに言うならば、騒動を楽しんでいる自分がいることもたしかだ。

昔から変わっていないと言われてしまえば、そのとおりと応じざるをえない。

そう、あのときから、ずっと……。

天正十年（一五八二年）六月、織田信長は叛旗《はんき》を翻《ひるがえ》した明智光秀に攻められて、死地に追いこまれた。いわゆる本能寺の変である。

苛烈《かれつ》な光秀の攻勢で本能寺は焼け落ち、信長はそこで死んだと思われていた。

しかし、実際には家臣の助けで脱出に成功、信長は吉野《よしの》の山奥で静養していた。

身体が落ち着いたところで、信長は京に出て、細川幽斎《ほそかわゆうさい》の助けを得て畿内をうろつき、情勢を自分の眼で確認した。

その後、中国から四国、九州への旅へ出て、西国を見てまわると、一度、京に戻って休んでから、美濃《みの》、信濃《しなの》、甲斐《かい》、関八州《かんはっしゅう》、さらには奥羽《おうう》にまで出向き、各地を旅した。そのときに、蝦夷《えぞ》にも足を伸ばしており、冷たい大地を走破して、宗谷岬《そうやみさき》から樺太《からふと》の南端を見ることにも成功している。

こうして諸国を歩いているとき、信長は、天下に対する興味を失っていた。

こだわったところで、死んでしまえば、なにひとつ手元に残すことはできない。

無理して日《ひ》の本《もと》を手に入れても、最後にはすべてを失う。

豊臣秀吉《とよとみひでよし》が覇権を握《にぎ》り、時代の流れが変わるのを見て、信長はすべてが馬鹿馬鹿しくなり、あとは流されるままに生きようと決めた。

いつしか、時は流れ、本能寺の変から二十五年の歳月が過ぎた。

住処《すみか》も畿内から江戸に変え、新開地での生活を楽しむようになった。

つまらぬ争いからは解き放たれ、ゆるりと暮らす日々を過ごすつもりであったが、不思議と思うようにはいかない。

光秀の言《い》い草《ぐさ》ではないが、つねに争いに巻きこまれ、不思議と忙しい日々を送っている。自分ではかかわらないようにしているつもりなのに、いつしか争いの中心にいるから不思議である。

その明智十兵衛光秀と再度かかわるようになったのも、信長にとっては思わぬ成り行きであった。

死んだと思われていた光秀は、いつしか天海《てんかい》と名乗って、家康に取り入り、その政《まつりごと》に深くかかわっていた。

現在では、西国の情勢に気を配《くば》る一方で、寺社にかかわる事案をまとめているらしい。家康に付き従って伏見《ふしみ》にくだることもあるが、たいていは江戸に留《とど》まり、将軍家の家臣と話しあって、政の方針を決めているようだ。

要するに幕府の重鎮《じゅうちん》であるが、腰が軽く、とくに用事がなくても江戸の町に出てきて、ふらふらとぶらついている。

信長と顔を合わせることも多く、一昨日も竹《たけ》町の屋敷を訪ねてきて、さんざんに小言を並べていった。目付《めつけ》かと思うほどの鬱陶《うっとう》しさであり、何度となく追い払うのであるが、気にした様子も見せずに何度も姿を現す。

どうにも縁は切れぬらしい。腹立たしいが、しばし江戸の地で付き合っていくしかない。そう思えるほどには、信長も年を取っていた。


「ずいぶんと人が集まったものだな」

信長が見まわすと、三浦屋の前には野次馬が集まっていた。百は超えているだろう。町民のみならず、武家の姿も見受けられる。

「さすがに、遊郭に侍が押し入るのは珍しいか」

「上さまだって、話を聞けば、気になって屋敷から飛びだしたでしょう」

「むろん、いちばん前で見物しておるわ」

「いったい、なにがあったのですか。侍が押し入ったのはわかりますが、いったい、どういうわけでそんなことを」

「くわしいことはわからん。これは本当だ」

信長は振り向いて、三浦屋を見つめた。

柿葺《こけらぶき》の二階屋で間口は三間、一階に朱塗《しゅぬ》りの糸屋格子《いとやごうし》が設《もう》けられているが、全体に質素な造りで、遊女屋と言うには地味《じみ》であった。二階の欄干《らんかん》も不調法《ぶちょうほう》で、あまり手をかけていないことが見てとれる。

もっとも、それは三浦屋だけでなく、周辺の遊女屋も同じだった。

意匠《いしょう》を凝《こ》らしているのは数軒で、三浦屋の二軒隣は板葺《いたぶき》で、格子すらしつらえていなかった。軒先に山吹《やまぶき》色の小袖を着た女が座って、客に声をかけている。

京橋の柳町は江戸にいくつかある色街《いろまち》のひとつだったが、町ができあがったのは三年ほど前のことで、見世《みせ》もたいていはにわか仕立てだった。

麴町や鎌倉河岸から移ってきた見世が多く、しかもまた移動させられるのではという噂が立っていたので、無理して派手《はで》な見世を造ることができなかったのである。

そもそも柳町は遊女町でありながら、京の二条柳町のように仕切りがなく、町人も武家も好き放題に出入りできた。女も客に呼ばれれば、他の町に出向いていた。日常的に、他の町民と遊女が自由に触れあっており、それもあってお上からは睨まれていた。

「たまたま、三浦屋の仕事を手伝っていたのだ」

信長は淡々と語った。

「品物を届けにきた際、遠野と名乗る侍が来た。最初は客として来たのかと思ったが、いきなり刀を抜いて、押し入ってきた。男衆《おとこしゅう》が別の客にかかわって、見世にいなかったので、押しこむあいつをおさえることはできず、またたく間に二階に飛びこんで、たきと禿と客をおさえて、座敷に籠《こも》ったというわけだ」

「どうして、そんなことを」

「知らぬ。聞きだそうにも、気が立っているうえに酒も飲んでいるから、うまく話が通じぬ。少し様子を見たほうがよかろう」

「押しこんだのは、いつですか」

「正午を少し過ぎたところだったな。もう一刻になるか」

今日は一月の十日。総じて昼が短い季節であるが、それにしても時が経つのが早い。

北風が吹き抜け、柳町をつらぬく路地に砂煙《すなけむり》があがる。

「さて、どうしたものか」

信長は首を掻いた。

「三浦屋の主《あるじ》はどこへ行った。見かけぬが」

「お上に話をつけるとか言って、奉行所に行きましたよ。そのうち、与力連中を引っ張ってくるのではありませんか」

「店主が騒いでどうする。駄目な奴だな」

三浦屋の主は清兵衛《せいべえ》といい、三年前、江戸に出てきて遊郭をはじめた。京に伝手《つて》があって、見目《みめ》が整った遊女を数多くそろえていたが、なにより吝嗇《けち》で店の食事や着物に金を投じないので、評判はよくなかった。客の扱いも雑で、よく揉《も》め事を起こしていた。

「血が流れるところは見たくないな」

「ここのところ、江戸では刃傷沙汰《にんじょうざた》が増えています。なにかあれば、奉行所としても容赦はしないでしょうな」

去年から天下普請《てんかぶしん》と呼ばれる江戸城の拡張工事がはじまって、江戸には人夫《にんぷ》はもちろん、普請にかかわる武家や商人、仕官をあてこんだ浪人が一気に流れこみ、人の数は一年前とは比べものにならないほど増えていた。

神田界隈《かいわい》では、長屋を建てればすぐに埋まるほどで、住むところにあぶれた人夫が勝手に家を作り、前から住んでいた者と騒動を起こしたこともあった。

諸国の武家が往来を闊歩《かっぽ》することも多く、些細《ささい》なことで斬りあいになって、幕府の役人が駆けずりまわっている。

江戸の治安をあずかる町奉行所は、北と南のふたつがあるが、仕組みがまだ整っておらず、取り締まりが行き届いているとは言いがたい。北町奉行の米津田政《よねきつただまさ》が、笠などの被り物で顔を隠している者は処断する、という荒々しい触れを出したのも、生ぬるいやり方では町の平穏を保《たも》つことができないと考えたためだ。

家康が幕府を開いてから、わずか四年。

風で砂が舞いあがる江戸の町は、何事につけ荒っぽい。

そこが気に入って信長は暮らしているのであるが、その一方で、日が暮れたら外を歩けないほど危険であることも、たしかだった。

「三浦屋を恨んでいる者は、数えきれぬほどおるだろう。そのうちのひとりが、自棄《やけ》になって飛びこんできたとしても不思議ではないさ」

「この先、どうなりますか」

「さてな。とりあえず、話でも聞いてみるさ」

信長は、町の者から握り飯を受け取った。どうやら、光秀が手配してくれたらしい。

「押しこんできたのは、遠野とかいう武家でしたな」

「遠野親兵衛だ。少し調べてくれるか」

「やむをえませんな」

「捕らえられているのは、儂を含めて五人だ。ああ、そうだ。ちょっと確かめてほしいことがある」

信長は、三浦屋の二階を見やった。

「武家がひとり、座敷に留まっている。それが何者か、見定めてほしい」

「とおっしゃっても、手前が知っているかどうか」

「わかるさ。そろそろ顔を出す。言い聞かせてあるからな」

その声が聞こえていたかのように、三浦屋の二階で動きがあった。障子が開いて、偉丈夫《いじょうふ》が姿を見せたのである。左目で信長を見つけると、笑いながら手を振った。

光秀は大きく息を呑んだ。口を半開きにしたまま、武家を見ている。

ここまで、この男が驚くのは珍しい。

となると、当たりか。

「あ、あれは」

「やはり、そうか」

「何度も顔を合わせているからわかります。奥州仙台《せんだい》の……」

「なるほどな。あれが独眼竜《どくがんりゅう》か」

出羽国米沢《でわのくによねざわ》に生まれ、蘆名《あしな》、畠山《はたけやま》を滅ぼして、南奥州を制覇した戦国武将。秀吉の怒りを買いながらも、命を賭けた大芝居でくぐり抜けた、派手好きの豪傑。百万石を狙って奥州で画策《かくさく》するも、ことごとく家康に拒絶され、それでも平然と次の策を繰りだしてくる野心家……。

伊達右近衛権少将政宗《だてうこんえのごんのしょうしょうまさむね》。奥州の覇者が、なぜ、町中の遊郭にいるのか。

信長は舌で唇を舐める。なにやら、おもしろいことになりそうだった。

三

握り飯を、たきと禿、遠野に分けたあとで、信長は政宗の横に座った。

「食うか」

「いただこう」

政宗は握り飯をつかんで、口に放りこむ。あっという間に三つをたいらげると、盃の酒を飲み干す。

「好きなようだな、酒が」

「ああ。これさえあれば、飯はいらぬ。普段なら、夜まで食べぬ」

「百薬《ひやくやく》の長《ちょう》とはいへど、万《よろず》の病は酒よりこそおこれ、憂忘《うれい》るといへど、酔ひたる人ぞ、過ぎしに憂さをも思ひ出でて泣くめる……と言うぞ。酒に飲まれるようでは、話になるまい」

「あんな世捨て人に、なにがわかる。酒のよさがわからぬなんて阿呆《あほう》よ。つまらん説教をかましやがって。おおかた、自分も酒で痛い目に遭ったのだろうよ」

『徒然草《つれづれぐさ》』からの引用と見抜くあたりはさすがである。

「だが、握り飯は食った。流儀に反するのではないか」

「合戦となれば、話は別だ。力が入らぬと、拾える命も拾えぬ」

「それはそうだな」

信長も笑って、握り飯を食べた。

生死を分ける戦いで、決め手となるのは体力である。最後のひと踏ん張りができず、命を落とした武者はどれほどの数になるか。

食べられるときに食べ、休むときに休む。それが、乱世を生き残るための鉄則であった。

「おぬしも飲むか」

「やめておこう。年を取ると、動きが鈍《にぶ》くなる。おぬしぐらいのときには、逆だったがな」

「俺も、もう四十を超えているのだがね」

「若い、若い。儂なぞその年には、馬で畿内を駆けまわっておったわ。酒も阿呆なほど飲んだ」

信長は、政宗を見やった。

「先刻、聞かせてもらった。おぬし、奥州の大立者《おおだてもの》だそうだな。そんな男が、なぜここにいる」

「気づいたか。もっとも、あの老僧と一緒におれば、わかるか」

政宗は酒をすった。

「いかにも。俺が伊達右近衛権少将政宗よ。大立者と言われるのは、ありがたいね」

「そのとおりであろうが。実際、あの爺は、おぬしがいると知って驚いていたぞ」

「俺もだよ。爺さまがあの御仁《ごじん》と知り合いとはな。いったい何者かね」

政宗が横目で睨んできたが、信長は気づかぬふりをした。

「戦働きが長いだけの年寄りよ。あやつとは、長く付き合っているだけにすぎぬ」

「大御所さまの懐刀《ふところがたな》をあやつ呼ばわりとは。たいしたものだ」

政宗は壁に背中をあずけ、天井を見あげた。

「妙な噂を聞いた。二十五年前に本能寺で死んだ、織田信長……あの男が生きていて、江戸で好き放題にやっていると。先だっては、江戸のかぶき者と手を組んで、大久保長安《おおくぼちょうあん》の配下を叩きのめしたとか。さんざんに暴れまわったので、大御所さまが後始末をしたらしいが、それも大変だったようだ。本当であれば、いかにも第六天魔王らしくて、じつに痛快ではないか」

「おもしろい。生きているなら、ぜひ会ってみたいものだ」

信長が言い放つと、政宗は口元をゆがめた。

いやらしい表情だ。わかっていて、わざと試しているように見える。

多くの武者と顔を合わせてきたが、さりげない振る舞いのなかに、これほどの威圧感をこめられる武将はいなかった。

家康ですら、ここまで高圧ではない。

伊達政宗については、奥州をめぐり歩いたとき、経歴と人となりを何度となく聞かされていた。

出羽国米沢城で伊達輝宗《てるむね》の子として生まれ、十八のときに家督を嗣いだ。

その後、輝宗を畠山義継《よしつぐ》との戦いで失うも、家臣をまとめあげて南奥羽に進出、ついには蘆名義広《よしひろ》を打ち破り、会津《あいづ》黒川城《くろかわじょう》を手にする。

秀吉の小田原攻めに遅参して、所領を没収されるが、葛西《かさい》、大崎《おおさき》家の旧領を与えられ、奥州屈指の大名として天下にその名を轟かせる。

関ヶ原《せきがはら》の前哨戦となる上杉討伐戦では、徳川家康に味方して上杉勢と戦い、各地で勝利をおさめた。

もう十年、早く生まれていたら、関八州はおろか、天下も望めたと言われる。

奥州を刈り取った手腕は見事であり、それは信長も認めるが、十年早ければ全盛期の上杉《うえすぎ》や武田《たけだ》、北条《ほうじょう》と戦わねばならず、そのすべてを破ることができたかと問われれば、いささか疑問だ。武田勝頼《かつより》も上杉景勝《かげかつ》も、弱敵ではない。

よしんば、東国を制して西に進出してきたとしても、その先は信長が立ちはだかる。

政宗は手強い相手であるが、負けるとは思えない。粉々《こなごな》に粉砕して、その首を四条河原にさらすのもおもしろかったであろう。

「よい男のようだ。腹黒さと清々《すがすが》しさを兼ねそなえているあたりは、さすがだ」

信長の言葉に、政宗はわざとらしく頭をさげた。

「それは、どうも」

「誠《まこと》のことよ。ただ、そろそろ儂の問いに答えてほしいな。なぜ、おぬしがここにいる」

政宗が笑ったところで、怒鳴り声が響いた。

「おい、おぬしら、なにをしている。こそこそ話すのはやめよ」

遠野だった。血走った目を、彼らに向けている。

「悪巧《わるだく》みをするのならば、斬り捨てる」

「おう。これはすまなかった。そんなつもりはなかった」

信長は手を振った。

「単なる世間話よ。なんだったら、おぬしも加わればよい」

「なんだと」

「儂らは、おぬしのことを知らぬ。教えてくれ。生国はどこだ」

遠野はうつむいて沈黙した。果たして乗ってくるか。ここで外したら、手の打ちようがない。

信長が静かに待つなか、遠野は小声で応じた。

「信濃だ。小県《ちいさがた》の小さな村で生まれた」

「小県と言えば、真田《さなだ》家の本拠だ。おぬし、かかわりがあるのか」

遠野が政宗の問いに応じるまで、少し時間がかかった。

「伊豆守《いずのかみ》さまに仕えていた。つい先日まで」

「真田伊豆守信之《のぶゆき》殿か。沼田《ぬまた》の主で、先だっては上田《うえだ》の地も賜《たまわ》ったという。親と別れることになっても、節《せつ》を曲げなかったということで有名であるな。俺も会った……いや話には聞いていたが、なかなか筋の通った人物であるらしいな」

政宗は淡々と語った。

真田家について、信長が知るところは少ない。

武田家に属していて、勝頼が死ぬまで忠義を尽くしたと言われているが、注意を払ったことはほとんどなかった。滝川一益《たきがわかずます》から話を聞いたときにも、どこにでもいる国衆の一族とみなして、詳細を訊ねようともしなかった。

上田城に徳川秀忠《ひでただ》の手勢三万を引きつけ、関ヶ原の戦いに参加できぬように仕向けたという話は聞いたが、最終的には降伏して配流《はいる》されたのであるから、先を見る目はなかったと言えよう。

当主の真田安房守昌幸《あわのかみまさゆき》は、信濃の山奥で暮らす領主でしかなく、天下を動かすほどの眼力は持っていなかったのであろうし、その息子である信之も凡庸《ぼんよう》な人物なのだろうとおぼろげに思っていた。

「立派な主君に仕えていたおぬしが、なぜ致仕《ちし》した」

信長は、わざと煽《あお》った。

「なにか悪さでもしたか」

「私は悪くない」

「悪事をなしていない者が、追いだされるものか。なるほど、おぬしの主君は、たいしたことがないらしい。駄目な家臣に傅かれるだけの、駄目な主だな」

「そんなことはない。殿は立派な方だ」

遠野は、事情を語りはじめた。

主君の信之は、上田の地を賜ったものの、その立て直しに苦労していた。

上田周辺は、徳川家との戦いで田畑が荒れ放題になっており、年貢の取り立てすら満足にできなかった。農民は逃げ去り、商人も寄りつかない。象徴となるはずの上田城も、昌幸が受け渡したときに徹底的に破却されて、跡形《あとかた》も残っていなかった。

信之は陣屋《じんや》を築いて、領地の整備にあたったが、浅間山《あさまやま》の噴火やそれにともなう天候不順の影響で、民を集めることすら満足にできなかった。徳政を何度かおこない、ようやく形が整うまで、五年の歳月を要した。

「私は勘定方《かんじょうがた》として、殿の手助けをしていた。江戸と領内を往復して、売れる物はなんでも売って金を稼いだ。商人が上田に興味を持ってくれれば、みずから案内して、領内を見てもらった。少しでも助けになればと思い、やれることはすべてやった」

金に汚いと、仲間内に罵《ののし》られようと気にならなかった。信之に、苦労をかけるな、と声をかけてもらうだけで十分だった。

転機が訪れたのは半年前で、さる大名の家臣から、上田の立て直しに手を貸したいと声をかけられた。その気があるなら主君に声をかけ、幕閣を動かしてもよいと。

危ない話だとは思ったが、追いつめられていた遠野はその話に乗り、多額の金を渡した。

「どのぐらい渡した」

政宗の問いに、遠野は苦しげな表情で応じた。

「……二百貫」

「ほう。そいつはすごい。それだけあれば、名の知れた武家を召し抱えることができる。してやられたな」

信長の記憶が定かならば、一貫と二石が同じ価値だったはずだ。

つまりは四百石に値するだけの金を騙し取られたことになるわけで、大変な騒ぎになったことは容易に想像がつく。

「責めを負って、私は致仕した。殿は最後まで引きとめてくれたが、留まっていてもよいことはなにもない。ただ、恥知らずと言われるだけだった」

「なら、腹を切るという手もあった。なぜ、そうしなかった」

失態を犯しても、それを認めて腹を切れば、名誉を守ることができる。

家中でも切腹の声はあがったはずで、遠野の耳にも届いていただろう。

「許せなかったからだ。主家の大事な金を奪い取った奴のことが。せめて一矢《いっし》報《むく》いてやろうと思って、恥をさらして生き延びた。なんと言われようとも、少しの金でも取り返すことができれば、それでよかった」

「なるほど、言いたいことはわかる」

信長は小さく息を吐きだした。

「では、なぜ、この三浦屋に押しこんだ。おぬしがなすべきは、下手人捜しであり、なんのかかわりもない遊郭で騒ぎを起こしてもしかたあるまい」

遠野は畳の上で膝《ひざ》をつくと、うつむいた。刀を無造作《むぞうさ》に放りだしているが、それも気にならないようだ。

静寂が広がり、吹きつける風の音色が高らかに響く。

それを打ち破ったのは、女の声だった。

「すみません。お武家さまの話に口をはさんで、申しわけありませんが……」

たきだった。柳町屈指《くっし》の遊女は遠野を見ていた。

「遠野さまのお話、それとなく聞いてしまいました。それでうかがいたいのですが、金を騙し取られたとき、まきという女が絡《から》んでいませんでしたか。三十過ぎの、切れ目で、どことなく色気のある女です。右目の下に、小さなほくろがついています」

「あ、ああ。銭の受け渡しの際、その女が間に入ってやりとりをした。相手の武家とのつながりが切れると、その女も消えた」

「やっぱり……まだ、その手口を使っていたんですね」

「知り合いなのか」

「はい」

たきは静かに答えた。

「まき姐《ねえ》さんは、あたしと一緒に京で働いていたんですよ。いい女だったんですけれど、金に汚くてね。客と悪さをして店から追いだされ、江戸に出て、この三浦屋で働いていたんですよ。顔を合わせたときには、本当に驚きました。改心したのかと思ったのですが、派手に遊んで揉め事ばかり起こして、ついにはお武家さまとやらかしまして、勝手に出ていってしまったんです」

「いつのことだ」

「天下普請がはじまる前ですから、そろそろ一年になりますか。どうしているかと思ったら、そんな悪事に手を染めていたとは」

「まきは、柳町の遊女屋に勤めていると語っていた。それを知ったら、頭に血がのぼってしまって……」

「三浦屋に押しこんだわけか。考えなしもいいところだな」

「爺さま、そういうな」

政宗が笑って、酒をすすった。

「三軍も帥を奪うべきなり、匹夫《ひっぷ》も志《こころざし》を奪うべからざるなりと言う。身分の卑《いや》しい者でも、固い志を持っていれば、物事を最後までやり遂げることができる。ましてや、そこの者は武家だ。侮《あなど》られたのならばとことんまで追いこみ、その首を取るのはあたりまえのことであろう」

「意味合いが違うであろうに」

政宗が引用したのは『論語《ろんご》』の一節で、たとえ身分が低くても、その志を奪うことはできないという意味だ。心の気高さを語ったもので、復讐を煽るための教えではない。

知っていて、わざと言っているところに、意地の悪さを感じさせる。

もっとも、おのれの底意地の悪さを誇るぐらいでなければ、戦国武将としてはやっていけない。世知辛《がら》い浮き世で戦うのならば、皮肉の応酬に耐えられるだけの強さは必要だった。

「だが、残念なことに、まきはいなかった。とうに辞めていたのだからな」

政宗が見ると、たきは渋い表情で応じた。

「行方は知りませんよ。飛びだしたあとは、なんの知らせも寄越してません」

遠野はうなだれた。

肩が落ちたその姿から、先刻までの怒りを感じることはできない。くぼんだ瞳からは、すっかりと力が失われていた。

これまでの振る舞いを見るかぎり、遠野親兵衛という武士は、真面目《まじめ》で、与えられた役割を堅実に果たす人物のようだ。勘定方をまかされていたのも、その性分ゆえだろう。

三浦屋に乗りこんだのも、主君に迷惑をかけたという思いからで、悪意があってのことではない。申しわけなさが重なって、自分がおさえられなくなったのかもしれない。

小心者と評すのは容易《たやす》いが、その心情を嘲《あざけ》る気にはなれなかった。

堅実に仕事をこなしてくれる家臣がいてこそ、家はまわる。かつて織田家の当主だった信長には、それがよくわかった。

「運が悪かったな」

政宗の言葉も重い。おそらく、同じことを感じているのだろう。

「だが、ここまで来たら、どうにもならぬ。無念を晴らそうにも、まきは行方をくらましている。手間をかければ行き先を探ることもできようが、ここまでやらかしてしまっては逃げることすら困難だろう。奉行所の連中が出てきて、まわりを取り囲んだら、それまでよ。腹を切るしか道はない」

「そのときは、介錯《かいしゃく》をお願いできますか。覚悟はできています」

遠野は顔をあげた。その瞳には、剣呑《けんのん》な輝きがある。

「よせ。腹をくくるのには早い」

信長は手を振った。真面目な人物はこういうところが困る。

「まずは落ち着け。酒でも飲んで、気分を紛《まぎ》らわすがよい。頼めるか」

「よろしゅうございます、さと」

たきが声をかけると、さとと呼ばれた禿が盃に酒をそそいだ。

遠野はしばらく杯を見ていたが、やがて一気に飲み干した。

たきがその飲みっぷりを褒めると、二杯目に口をつける。顔は強張《こわば》っているが、少しは落ち着きを取り戻したように見える。

「どうするかね」

信長は政宗に語りかけた。

「あのまま酔わせて眠らせることもできる。さすれば、一件落着よ」

信長の言葉に、政宗はちらりと視線を向けた。

「それで罪人として処断されるのか。それも可哀相だな」

「せめて腹を切らせろと」

「そんなところだ。面目《めんもく》は守ってやりたい」

「ずいぶんと優しいな」

「他人事《ひとごと》ではないのでな」

政宗の遠野を見る目は、穏やかだった。

「俺も昔、ずいぶんとやらかした。腹を切ろうと思ったことも何度となくあるが、そのたびにまわりの者に助けられ、こうして生きていられる。めぐりめぐって、今度は俺が人を助ける番だ。まあ、できるだけのことはしてやりたいな」

政宗の言いまわしが引っかかったが、信長はあえて訊ねず、遠野を見つめる。

真面目な武士は、禿に勧められるまま酒を飲んでいたが、表情は硬いままだった。

四

日が暮れるのにあわせて、信長は食事を受け取るため、三浦屋を出た。

遠野は止めなかった。座敷を出る前に、一緒に来るかと声をかけたが、首を振っただけで、腰をあげる気配はなかった。

店を出ると、風の吹き抜ける音が響く。

この時季の江戸は、一年のうちでもっとも寒く、容赦なく北からの風が吹きつけてくる。白の小袖に茶の袴という格好では、襟元《えりもと》がひどく冷える。

年を取ると、夏の暑さよりも冬の寒さがこたえると古老から聞かされていたが、この数年、それが事実であったと、信長は思い知らされている。

「なんですか、その格好は。それでも第六天魔王ですか」

袖に手を突っこみ、背中を丸める信長を見て、光秀は冷たい口調で語りかけた。

「河原者《かわらもの》と変わらないではありませんか。もう少ししっかりしてください」

「寒いのだから、しかたないだろう。それより、食い物は」

光秀が包みを差しだしてきたので、信長は顔をしかめた。

「また握り飯か。温かい汁物はないのか」

「あるわけないでしょう。お椀を運びこむわけにはいかないのですから」

「いまだったら、できるぞ。やる気を失っているからな」

信長はかいつまんで事情を説明した。

「それなら、いつでも抜けだせるのでは」

「ここで放りだすのは、いささか憐《あわ》れでもある。儂らがいなくなったら、奉行所の者が踏みこんできて、すぐにひっくくるだろう。それは、うまくないな」

「そうはならないかと。あの者たちは大喧嘩《おおげんか》の始末で忙しいようで。武家と町人が激しくやりあって、怪我人が数多く出ていますからな」

「おぬし、なにかしたか」

信長は目を細める。あまりにも頃合いがよすぎる。

光秀は家康の懐刀であり、ひと声かければ、五十や百の手勢は動かすことができる。天海の名前は伊達《だて》ではなく、江戸屈指の実力者と言えよう。

「手前はなにもしておりませぬ。手前は」

「どういうことか」

「動いたのは、別の者で」

光秀が右に視線を向けると、遊郭の陰から痩せた男が姿を見せた。

年のころは、三十代後半といったところだろうか。すらりとした体形で、無駄な肉はいっさいついていない。鉄紺《てっこん》の小袖に丸桁《がんぎょう》といういでたちがよく似合っている。

顔立ちは整っている。細い目と引き締まった小さな口元が印象的だ。

「失礼いたします。手前は庄司甚内《しょうじじんない》と申しまして、この柳町の顔役を務めております。以後、お見知りおきを」

「おぬしが甚内か」

信長も名前は聞いていた。

人が流れこみ、江戸の町が大きくなると、各所に遊郭ができ、それが風紀の乱れを引き起こした。かつては、江戸城にほど近い大橋のかたわらにも遊女屋があり、旗本が足繁《しげ》く通ったことから城内でも問題になった。

いまでも誓願寺《せいがんじ》門前や麹町、神田明神の裏手に遊郭が数多く並んでおり、三日に一度は騒動が起きている。

京橋柳町は江戸屈指の傾城町《けいせいまち》だが、その欲望が渦巻く町を束《たば》ねるのが、庄司甚内と名乗る人物だった。

素性はよくわからない。もとは武家で、北条家に仕えていたとも言われるが、真実かどうかは判然としない。たしかなのは、若いころから江戸におり、遊女を束ねて武家相手の商売をしていたことだ。

四年前、柳町に移り住むと、甚内は自然に町のまとめ役になって、お上との折《せっ》衝《しょう》を一手に引き受けている。

彼が睨みを利かせているおかげで、柳町では町方がかかわるような事件は起きていない。刃傷沙汰があっても、騒ぎになっても、早々に処理してしまう。

先日、商人が揚げ代を踏み倒して店を出るという事件が起きたときも、甚内の手の者が取り押さえ、身ぐるみ剝《は》いで、京橋から川に叩き落とした。

大名の家臣が相手でも堂々と立ちまわり、店と遊女を守るという。

江戸の裏世界では名の知られた人物だが、こうしてあっさり姿を見せるとは思わなかった。

「驚いているようですな」

甚内に言われて、信長は小さく息を吐いた。

「まあな。おぬしのような大物なら、取り巻きを引き連れて、さんざん威張り散らしながら現れると思っていた。まさか、供はひとりで、そんななりとはな」

甚内の後ろに控えているのは、小男がひとりだけである。ただ、瞳の輝きは剣呑で、右手は懐に差しこまれたまま動かなかった。

「これでいいのですよ。よけいな者を引き連れていると、動きが鈍って、まわりがまったく見えなくなりますから。ふらっと歩いて、町を見て、ふらっと帰っていく。それで十分なので」

淡々とした口調には、余裕が感じられた。

「ここのところ町がざわついていたので、気にしていたのですが、とんだことになっちまいました。まさか、遊郭にお侍さまが押しこむとはねえ」

甚内は懐に手を入れながら、三浦屋を見つめた。

「もう少し早く動いていれば、騒ぎを止められたんですが」

「幸い、怪我人は出ておらぬ。店の者はうまく逃げおおせたのだから、たいしたことはなかろう」

「いえいえ、手前が申しているのは、騒ぎそのものをなかったことにできたということで。根っ子は、すでにおさえましたので」

「どういうことだ」

信長の問いに、甚内は、すでにまきという女を捕らえていると語った。そのうえですべてを吐かせて、事の次第を知ったとも。

「なんだと」

「もともと三浦屋には、おかしなところが多かったんですよ」

店主は吝嗇で、遊女の扱いが乱暴だった。殴る蹴るはあたりまえで、頭に血がのぼると、火箸《ひばし》で顔を叩くこともあったようだ。京とのつながりがあったので、いい女はそろっていたが、不思議なほど入れ替わりが激しく、三浦屋に一年以上、勤めている遊女は三人に過ぎない。

いつ女が出ていったのかもわからず、気がついたときには行方不明ということもあったようだ。

「どこかに売り飛ばしたか」

「正直なところ、生きていればそれでいい、とさえ思っていますがね」

「であるか」

あまりのことに商売仲間が苦言を呈《てい》しても、店主は無視し続けた。

引っかかった甚内が三浦屋をひそかに調べると、ある武家と手を組んで悪さをしていることがあきらかになった。

商家を強請《ゆす》ったり、町人に難癖《なんくせ》をつけたりして、金品を奪い取った。それだけでなく、武家にわざと因縁をつけて揉め事を起こし、金を脅し取るという荒仕事もしていた。

被害に遭った大名家は、七家ほどにもなると言う。

「あの方の主家も、奴らにやられたひとりでして」

甚内は、三浦屋を見やった。

「真田家が上田のことで苦しんでいることを、事前に知っていたのですな。御家の苦難につけこんで、三浦屋の仲間の武家が、金を騙し取ったというわけで。汚いやり口で、さすがに腹が立ちました。いっそ三浦屋を潰してしまうかと思っていたところで、お侍さんが押し入ってしまいまして。もう少し早く手を打っていれば、つまらぬ振る舞いはおさえられたのですが」

「騒ぎが大きくなりすぎたな」

「手前どもが、もう少し気を配っていれば……」

遊女屋はお上から睨まれており、騒動が続けば、すべて取り潰されることもありうる。すでに江戸城内で評議がおこなわれており、いつ通達が出てもおかしくない状況らしい。

「そうなる前に、江戸の遊郭を一箇所に集めようと考えていたんですよ。その以外の場所では、女遊びは禁じてもらって。さすれば、お上もやりやすくなるし、こちらとしても、遊郭や遊女をうまくまとめることができる。京の二条柳町みたいなものですね。ようやく、あちこちの顔役と話しあって、お上に申し入れをしようと思ったところに……」

「これではな。風当たりも強くなろう」

浪人者が増えて、辻斬《つじぎ》りが頻繁《ひんぱん》に起きているこの時勢で、遊郭で騒ぎを起こしたとなれば、元凶を刈り取ってしまえという意見が出てきてもおかしくない。遊郭の今後が危うくなるわけで、甚内にとっては痛手である。

「ただ、いまなら間に合うと思うのですよ。幸い、客や遊女は無事。店も火をつけられたり、壊されたりしているわけではございませんから。何事もなく、あのお方が立ち去ってくれれば、なんとか誤魔化《ごまか》すこともできましょう」

「その手伝いを儂にせよ、というのか」

信長は、甚内を睨みつけた。だが、怯《ひる》んだ様子はなかった。

「おぬしはしゃべりすぎている。遊郭の内情を余人に語るなど、ありえぬことだ。いったい、なにを企んでおる」

「なにも。いまは事を静かにおさめてくれれば、それでよいと考えております」

甚内は頭をさげて、先を続ける。その声は低かった。

「畏れながら、あなたさまには、その力がおありでしょう。なにせ、一時は天下に手をかけたほどのお方ですからな」

信長は光秀を横目で見る。

反応はない。ただ、正面を見ているだけだ。

江戸で、信長の正体を知る者は少ない。光秀や家康《いえやす》のほかには、縁のあった細川忠興《ただおき》や黒田《くろだ》長政《ながまさ》を含めて、数名といったところだ。

信長は単なる浪人であり、よく顔を出す飯屋の女将《おかみ》や店の者も、暇《ひま》な爺さまとしか見ていない。昨年、知りあったかぶき者の大鳥逸平《おおとりいっぺい》も、何度か合戦に参加しただけの足軽《あしがる》と考えているようだ。

身元が露見《ろけん》せぬように注意をしていたのに、甚内は気づいているようだ。

だが、さすがに、光秀が明かしたとは思えない。

それほど迂闊《うかつ》な人物でもなかろう。

ただ、甚内を連れてきたのは光秀であり、なんらかの関係はあると考えるべきだった。

信長はしばし思案をめぐらしたが、あるところで考えるのをやめた。

答えが出るまでは時がかかる。ならば無理して考えず、いまは目の前の出来事に集中するべきだ。

正体が露見したら、そのときに対処すればいい。甚内を叩き斬ったうえで奥州に逃げ、ほとぼりを冷ますのも悪くない。そう考えると、なにやらおかしくなってきた。

信長が見つめると、甚内は顔をあげずに応じた。

「そんな目で見ないでくださいまし。正体を明かすようなことはいたしませんから。手前は、おのれの命が惜しゅうございます」

「であるか」

「その証しとして、大事なお話をひとついたしましょう。あの方を騙した武家の身元でございます」

甚内の話を聞いて、信長はふたたび睨みつけたが、頭をさげた彼の表情を読み取ることはできなかった。

それも、信長にとっては、なんとも忌ま忌ましかった。

五

信長は握り飯を女と遠野に分け与えると、政宗の横に座った。振る舞いが荒々しくなるのは、致し方のないところだろう。

「おう、爺さま、ご立腹《りっぷく》のようだが、なにかあったか」

「よく言う。おぬし、すべてを承知のうえで、ここに来たな」

「なんのことだ」

「話は聞いた」

信長は、政宗を横目で見た。

「遠野を騙した侍だが、どうやら伊達家に仕えているらしいな」

政宗はなにも言わない。ただ正面を見ているだけである。

「あちこちで騒ぎを起こしていて、蒲生《がもう》家や相馬《そうま》家からも文句を言われていたのだろう。武家相手に金貸しでさんざんに儲けて、金が返せなくなると、平然と具《ぐ》足《そく》やら刀を奪い取って売りつけていた。ひどい奴だな」

「くわしいな」

「柳町の顔役が、事細かに語ってくれたよ」

「庄司甚内か。あやつも底が知れぬ男であるな」

政宗は頭を掻いた。

「爺さまの言うとおりだ。遠野を騙した男はな、溝口仁左衛門《みぞぐちにんざえもん》といって、かつては大崎家に仕えていた侍だった。主家が駄目になって、流浪していたところを迎え入れた。米沢攻めで、人手がいることはわかっていたから、多少の粗相《そそう》には目をつぶった。それがうまくなかった」

「江戸に出てきて、さんざんに悪さか」

「ああ、いろいろとやらかしてくれたよ」

政宗は顔をゆがめた。そこには、怒りの念があった。

「江戸に出てきたのは、伯父上の家臣と揉めて、仙台に留めておくことができなかったからだ。いま考えれば、さっさと奥州を飛びだして、やりたい放題するつもりだったのであろうな。実際、派手にやってくれて、えらい迷惑をこうむった。泣かされた侍は、十人ではきかぬぞ」

「叩き斬ってしまえばよいものを」

「それができれば苦労はせぬ。家中の弱みを握っておってな。そう簡単には処分できなかった。それを片づけるのに時を要した」

「ひと区切りついたところで、まきの話を聞きに来たのか」

信長は、遠野と政宗を交互に見た。

「そうだ。溝口とまきが手を組んでいることはわかっていた。この店の主もな。だから客として来て、様子を探るつもりだった。うまく行方がつかめれば、そちらから攻めて、溝口を片づけるつもりだった。たきを呼んでもらい、話を聞こうとしたそのときに、遠野がおぬしを引っ張って、座敷に飛びこんできた。名を聞いて驚いたよ。溝口が騙したことは、調べがついていたからな」

「だから、遠野に甘かったのか」

「不始末をしでかしたのは、こちらだ。それを押しつけるのは、よろしくない」

政宗は顔をしかめた。その視線は、遠野に向いている。

遊郭に押しこんできた男は、握り飯も食べずに、ぼんやりと座っている。おとなしいのはありがたいが、よけいなことを考えていないか気になる。

政宗は家臣の不始末に責任を感じて、みずから探索にあたっていたわけだ。

六十万石の大名が供も連れずに、江戸の町を闊歩するのはどうかと思うが、それだけ気になっていたのだろう。

もっとも、みずから柳町の遊郭に赴《おもむ》いたのは、多分に興味が先に立ったからかもしれぬ。

奥州の覇者でありながら、不思議と心も動きも軽い。それもまた、伊達政宗の魅力のひとつと言うべきか。

「……猿《さる》が気にしたのもわかるな」

「なにか言ったか」

「いや、さて、この先であるが……」

信長が口を開いたところで、遠野が刀を手に取って立ちあがった。

「おい、どうした」

「出ていきます。これ以上、迷惑はかけられません」

遠野の手は細かく震えていた。

「私はやってはならないことをしました。腹立ちまぎれに遊郭に押しこんで、かかわりのない者たちに刀を向けてしまったのです。人を斬らずに済んだのは、単に運がよかっただけのことで、自棄になって、ふたり三人と殺していてもおかしくありませんでした。武士としてあるまじき卑怯の振る舞いです。もう、このままにはしておけません」

「どうするつもりだ。奉行所に身をあずけるのか」

「決めていません。店を出たところで、腹を切ってもかまいませんし、どこぞにひっくくられて首を刎ねられてもかまいません。もう、どうでもよいのです」

「落ち着け。自棄になるな」

真面目な男は、これだから困る。先々のことを勝手に思い定めて、勝手に動いてしまう。責任を取ることしか頭にないのだから、質《たち》が悪い。

事の次第が見えて、ようやく解決の道筋が立ってきたところだ。無茶をされれば、むしろこちらが困る。

「まずは、話を聞け」

「ですが、私は……」

「いいじゃないですか。出ていきたいのであれば、そのようにさせれば。止めてもしかたありませんよ」

たきが口を開いた。その声は大きくないが、不思議とよく響いた。

「生きていたくない者を生かしておいても、この世のためにはならないでしょう。さっさと、あの世に送ってやればいいのです」

「待て。それは言いすぎだ」

「ですが、ここで出会ったのもなにかの縁。この世から立ち去る前に、一曲、聞いていただけませんか。いい土産《みやげ》になると思いますよ」

遠野の返事を待たず、たきはかたわらの三味線を手に取った。

信長は驚いた。

三味線は、信長が若いころに琉球《りゅうきゅう》から入ってきた楽器で、数奇者《すきもの》の商人や公家が高値で買い求めていた。信長も試したことがあるが、うまく弾けなかった。

秀吉が気に入って、三味線をいくつも作らせたと聞いている。

高価なこともあって、町民が持っていることはほとんどない。弾くことができる者は、さらに少ないだろう。

視線が集中するなか、たきは撥《ばち》を手にした。ふっと息を吸いこみ、軽やかに弦を弾く。

高い音が座敷に響く。琴《こと》とは異なる力強さがある。

たきは三味線を鳴らしながら、高らかに歌う。

それは、信濃の国についての唄だった。

山々がいかに美しいか、川がいかに清らかか。谷に響くせせらぎと、揺れる梢の音色が、どれほど人の心に心地よく響くか。

吹き抜ける冷たい風も、気持ちを引き締める。

降り積もる雪も、春を待ち、耐え忍ぶ心を作る。

原はみかの原、あしたの原、園原、と枕草子《まくらのそうし》の一節を織り交ぜ、信濃国の情景を連《つら》ねていく。

最後に、浅間山の雄大な山体に触れて、その大きな姿に身をゆだねる人々の笑顔を語って、たきは静かに歌い終えた。

美しい歌声は、信長の心を打った。

ふと遠野に目をやると、彼の目には涙があった。人目も憚《はばか》らず、静かに泣く姿は、これまでにはない清らかさがある。

「おぬし、信濃の出か」

政宗の問いに、たきはゆっくりとうなずいた。

「この方と同じ小県ですよ。何度か合戦があって、子どものころに離れたんです。この唄は死んだ母親が口ずさんでいて、いつしか覚えてしまったんですよ。せっかくなので、三味線にあわせて歌ってみようかと思いまして。どうでしたか」

「よかったな」

「まったくだ。心が洗われたぞ」

「私は、私は……」

遠野は泣き続けている。

震える身体から激情は消え失せており、店から出て行く気力は失せていた。

だが、信長はひと息つくことはできなかった。

遠野の感情が穏やかになるのにあわせて、別の気配が座敷に漂ってきた。襖《ふすま》に閉ざされた座敷の外からである。

信長が視線を向けると、政宗は禿からもらった紙に、何事か書きつけたところだった。丁寧《ていねい》に折ると、ふたたび禿に戻す。

「おい」

「わかっている」

ふたりが立ちあがるのと、襖が開くのは同時だった。

声を張りあげて、三人の男が飛びこんできた。

いずれも刀を抜いている。

右の男が斬りかかってきたのを見て、信長は頭をさげてかわした。相手の動きを見ながら、巧みに横に跳び、遠野の腕から刀をひったくる。

相手が踏みこんでくるのにあわせて、さらに身体をかがめ、その胴を抜き打ちで切り裂く。

悲鳴があがって、男は倒れる。

気勢をあげて、二番目の男が襲いかかってくる。斬撃は速かったが、せまい座敷なので、動きは限られている。

突きを外すと、信長は政宗に刀を投げた。

政宗はそれを受け取り、踏みこんで、男の喉元をつらぬく。

男の動きは一瞬で止まり、その場に崩れ落ちる。

最後のひとりはふたりが倒されたのを見て、一瞬、さがるも、刀を握り直して、遠野との間合いを詰めた。

その切っ先が呆然と立ち尽くす男の胸に触れる寸前、政宗が横から刀を弾き飛ばした。相手がよろめいて向かいあったところで、その身体を切り裂く。

血を噴きだしながら、男はうつぶせに倒れた。

「なんだ、この刀は。まるで斬れん」

政宗は遠野の刀を見つめた。

「押しこんでくるぐらいだから、もう少しましな刀を持っているかと思ったが。なまくらもいいところだ」

刀を押しつけられて、遠野は当惑していた。まさか、返されるとは思わなかったのであろう。

「大丈夫か」

信長が声をかけると、たきは穏やかに応じた。

「平気です。ちょっと着物が汚れましたが」

「そっちのふたりは」

禿たちは声をあわせて、大丈夫と応じた。

「血を見ても驚かないのだな」

「戦《いくさ》を知っていますから。奥州の生まれで、物心ついたころに、大きな一揆に巻きこまれたとのことです」

数多くの子どもが戦に巻きこまれて、帰る場所を失った。このふたりも生き残ったはよいが、親兄弟を失い、その日の暮らしに困り、結局、苦界《くがい》に身を落としたというわけだ。

長く続いた戦国の世は、江戸の町にも深い陰《かげ》を刻みこんでいる。

「そうか。奥州の出か」

政宗はふたりを見た。その瞳には、これまでと違う輝きがある。

信長は三人を気にしながらも、たきに語りかけた。

「血なまぐさくて申しわけないが、この三人、何者かわかるか。動きが滑《なめ》らかだった。これまでも、同じような荒事をしてきたのだと思う」

「知っていますよ。この店の者です」

「やはり、そうか」

「荒っぽいことで知られていて、騒ぎがあるとすぐに出ていって、客を折檻《せっかん》していました。質が悪くて、女には嫌われていましたね」

「こやつらは遠野だけでなく、儂らも斬りつけてきた。まとめて始末して、すべてを葬《ほうむ》り去るつもりだったのであろう」

「でしょうね。この店の主だったら、それぐらいのことは考えますよ」

店の者が勝手に動いて、始末をつけるはずがない。

店主が直々に動いていたのはあきらかで、遠野の件は三浦屋にとって、よほど知られては困ることなのだろう。

禿が障子を開くと、冷たい風が入ってきて、血の臭いを弱めた。

「さて、どうするか。この死体、このままというわけにはいかぬな」

「片づけましょう。隣が空いていますから、そちらに放りこむのがよろしいかと」

「儂らがやるのか」

「動ける男は、そこの三人ですから。さあ、よろしく頼みますよ」

信長と政宗は顔を見あわせた。大きく息を吐いてしまうのも無理はなかった。

六

障子越しに差しこむ朝の光につつかれるようにして、信長は目を開けた。欠伸《あくび》を漏らしつつ、腕を上に伸ばして、強張った身体に刺激を与える。

頭が冴えるまで、さして時はかからなかった。

「起きたか、爺さま」

かたわらでは、政宗が立ちあがって背伸びをしていた。

「なんとも、豪胆な爺さまだな。きれいにしたとはいえ、人を斬った畳の上でそこまで眠るとは。血の臭いが気にならないのか」

「そういえばそうだな。だが、合戦のときは、もっときつかったぞ」

「それもそうだ」

政宗が顔を向けた先には、三人の女がいた。ちょうど目を覚ましたところで、禿たちが目をこすりながら、たきの腕にすがりついていた。

遠野も起きており、硬い表情で閉ざされた障子を見つめていた。

死体を片づけたあとで、六人は座敷でひとかたまりとなって、一夜を過ごした。寝る場所を確保するのは面倒だったが、たきが指示を出し、それにあわせて五人が整然と動いたので、なんとか亥の刻には横になることができた。

信長は目を閉じると、すぐに深い眠りに落ちた。若いころは、周囲の物音が気になって寝つくまでに時を要したが、年を取ってから、そういうことはなくなった。むしろ早く眠りすぎて、油断しているではないかと思うほどだ。

信長は肩をひと揉みしてから、遠野を見た。

「どうだ。頭はすっきりしたか」

「いえ。正直、このまま腹を切りたい気分です」

「やめておけ。すぐに決着はつく」

「どういうことですか」

信長が返答するよりも早く、外から聞き慣れた声が響いてきた。

障子を開けて見おろすと、顔をあげて二階を見あげる光秀の姿が視界に飛びこんできた。

「いいように使ってくれますな。おかげで、昨日は眠れませんでした」

「頼んだのは儂ではない。こいつよ」

「いや、すまぬことをしましたな、御老人。ほかにやりようがなかったので、ついお願いしてしまいました」

政宗が顔を出した。口元には笑みがある。

「連れてきていただいて、なによりです」

光秀のあとには、庄司甚内とその子分がおり、そのうちのひとりが茶の小袖と濃緑の袴を着た武家を引っ張ってきていた。

惣髪《そうはつ》で、長い太刀を佩《は》いている。

目つきは悪く、振る舞いも下品だった。さんざんに悪態を吐いている様子を見ても、どれほどの男かわかる。

「あ、あれは溝口仁左衛門」

遠野が目を見開いた。まさか、ここで顔を合わせるとは思っていなかったのだろう。驚きを隠そうとしない。

「そうよ。頼んで連れてきてもらった。幸い、伝手があったのでな」

昨晩、空気を入れ換えるため障子を開けたとき、禿が政宗から手渡された書付を外に落とした。そこには政宗の名前で、溝口をこの場に連れてくるように記されており、書付を拾った光秀は即座に手配して、彼を連れてきた。

直々の命令があったとはいえ、深夜に屋敷を訪れて、内々に連れだすのは手間だったはずだが、見事にやってのけた。あいかわらず有能であった。

「おい、溝口仁左衛門、聞こえるか」

政宗が二階から声をかけると、溝口は顔をあげた。その口から、あっと声が漏れる。

「と……」

「よけいなことは言うな。黙って、俺の話を聞け」

政宗の声は強く響いた。そこには、溝口の口を封じるだけの威圧感があった。

「話は聞かせてもらった。遊女まで使って悪さをするとは、ひどいものだな。おかげで恨みつらみが重なって、我が家の評判は地に落ちた。しばらくは、あちこちに謝ってまわらねばならぬ。まずは、真田伊豆守殿だな」

政宗は、ちらりと遠野の顔を見た。

「その前に、おぬしの始末をつける。すぐにでも腹を切らせたいところだが、道端におぬしの臓物《ぞうもつ》を撒き散らすのは迷惑だ。それで積もり積もった怨みが晴れるわけでもない。そこで、おぬしが騙したこの者と、一戦交えてもらう。負けて斬り殺されたら、それで終わりよ。どこか適当な寺で葬ってやる」

溝口は目をむいた。

「勝って生き残ったら、次に怨みを買った者とやりあってもらおう。勝ったら、その次だ。全員と戦って、それでも生き残ったら、儂が相手してやろう。直々に手打ちにしてやる」

政宗は獰猛《どうもう》な笑みを浮かべる。それは、蘆名、二本松《にほんまつ》、田村《たむら》を滅ぼし、奥羽を席巻《せっけん》した覇王にふさわしい表情だった。

悪辣《あくらつ》ではあるが、人を惹きつける強烈な魅力もある。

まさに魔性の笑みだ。

「逃げようなどとは思うなよ。江戸を離れても、櫓櫂《ろかい》の及ぶかぎり、我は追う」

逃げ場はないと政宗は言いきり、溝口はうつむいた。

「行け。やりあって、無念を晴らせ」

政宗の言葉に、遠野は力強くうなずいた。昨日、座敷に乗りこんできたときの弱々しさは消え失せている。

武士の顔がそこにはあった。

「儂の刀を貸してやる。あんななまくらでは話になるまい」

たきが恭《うやうや》しく刀を差しだすと、遠野は一礼して受け取った。座敷から飛びだして、階段をおりていく。

間を置かず、ふたりは店の前で向かいあった。

遠野は刀を抜いて、青眼《せいがん》に構える。

一方、溝口は刀を手にしているものの、不貞腐《ふてくさ》れて横を向いている。

かまわず遠野が間合いを詰める。

殺気が高まったところで、溝口が刀を抜いた。気勢をあげて、上段から斬りかかる。

無駄のない動きで、合戦の経験があることがわかる。

遠野は刀をかざして受け止めたが、その反応は鈍い。力量の差は大きかった。

それがわかったのか、溝口は休むことなく攻め続けた。頭や胴、腕を狙って、容赦なく斬りつけていく。

袖が飛ばされ、小袖の肩口が割れて、遠野はさがっていく。

「これで終《しま》いだ」

溝口は大きく振りかぶり、渾身の力で刀を振りおろす。

膝をつきながら、遠野はそれを受ける。

鈍い音がして、溝口の刀が折れた。中央から真っぷたつである。

驚愕する溝口に、遠野は立ちあがって、袈裟《けさ》の一撃を放つ。

肩から胸まで切り裂かれて、溝口はあおむけに倒れた。その口がわずかに動いたが、言葉を発することはなく、命の輝きが消えるのと同時に、半開きのまま固まった。

遠野は大きく息をつくと、その場にひざまずいた。肩が小さく震える。

「見事」

政宗の言葉に、信長もうなずく。

雲間から太陽が姿を見せ、果たし合いの場を照らしだす。それは、さながら天が、見事に無念を晴らした男を祝福しているかのように見えた。

七

「終わりましたよ。いろいろと手間取りましたが」

光秀が話を切りだしたのは、事件が終わってから七日後のことだった。

一月末にしては温かい風の吹く日で、場所は三浦屋の前にある茶屋だった。

遊郭にはさまれた場所にあり、客がひと休みするのにちょうどよかった。店主は無愛想な老人で、なにも言わずに茶を置くと、奥に引っこんでしまった。

信長は白湯《さゆ》をすすった。思いのほか熱く、それが心地よかった。

「遠野親兵衛は、真田家に帰参することになりました。伊豆守さまが望んだことに加えて、伊達家からの強い後押しもありましたから。あれほどの人材を手放すのであれば、我が家がいただくと申し出ると、さすがに反対していた家臣も折れたようです」

「であるか」

「昨日から江戸屋敷に戻ったと聞いております。もとの鞘《さや》におさまってようございましたな」

遠野が溝口を討ち果たすと、信長は彼を家に連れていってかくまう一方で、真田家に事の次第を伝えた。無念を晴らしたとはいえ、往来で斬りあいをしたのであるから、罪に問われてもおかしくない。三浦屋の騒動は奉行所にも伝わっているはずで、お上の手の者が遠野を追うことも考えられた。

事態を知ると、真田家は動き、遠野の引き取りを申し出た。

しかし、迂闊に渡せば、ひそかに処断されることもありえたので、信長は答えを引き伸ばして、様子を見ていた。

問題がないとわかったのは、事件から三日が経ってからで、あとは光秀にすべてを押しつけて、屋敷で静かに待っていた。

「事が早々におさまったのは、伊達家がよけいな口をはさまなかったからです」

「それはそうだろう。溝口はさんざんに悪さをしていた。徳川の旗本も脅していたようだから、すべてが露見したら、伊達家も責められたはずだ。さすがに取り潰しまではいかぬだろうが、付けいる隙を与えることになる」

「そのあたり、伊達公もよくわかっておられたようで。見事に無念を晴らした遠野に免じて、すべてをなかったことにすると」

「見ていたのであるからな。あたりまえだ」

事件が終わると、政宗は遠野から刀を受け取り、その場をあとにした。

半刻としないうちに、伊達家の家臣が来て、溝口の死体を引き取った。そればかりか迷惑をかけたということで、甚内にかなりの金を手渡したらしい。そのあたりの気配りは、さすがだ。

「結局、名は明かさなかったな。あくまで店の客ということで済ませた」

「それは、上さまも同じでしょう。名は知らせなかった」

「それがよいのよ。わからぬままだからこそ、風情がある」

会ったばかりの武家が、思わぬ事件に遭遇して、右往左往しながらも片づけた。それで十分だった。もう互いの道が交わることもあるまい。

「おかげさまで、三浦屋も潰すことができましたよ」

思わぬ声に信長が顔を向けると、砂埃を掻き分けるようにして、甚内が現れた。額についた砂を軽く払うと、信長のかたわらに立つ。

「溝口の書付を、伊達家が渡してくれましてね。三浦屋が裏でなにをやっているのか、しっかりつかむことができました。金貸しぐらいは見当がついていましたが、まさか人を殺《あや》める稼業に手をつけていたとは。驚きました」

「俺たちを襲った連中か」

「ほかにもいましたよ。どうやら柳町の遊郭を一手に握るつもりだったようですな。手前の命も狙っていたらしく、書付に名前が記されていました」

甚内は笑った。

「主は叩きだしました。強面《こわもて》の連中もね。三浦屋は、別の楼主が引き継ぎます」

「なるほど、儂はおぬしを助けたというわけだ。だったら、少々、店で遊ばせてもらってもよいかもな」

「よくも言えますね、あなたさまが」

光秀は横目で信長を見やった。ねっとりとした視線が、なんとも嫌らしい。

「なんだ、なにが言いたい」

「手前が知らぬとでも」

光秀は身を乗りだした。

「蠟燭町《ろうそくちょう》のみはしで聞きましたよ。さんざん飲みすぎて、金が払えなくなって、代わりに遊郭で書き仕事をさせられていたんですよね。遊び代を請求したり、仕入れる品をまとめて商家に送ったりしたとか。遊女の恋文も代わりに書いてやったようですね。いったい、なにをしているんですか」

「誰だ、漏らしたのは……おとみか」

「おみちです。笑っている女たちの前で、耳打ちしてくれました」

「なんだと。子どものくせに、よけいなことをしおって」

おみちは、佐原町に住む十一歳の娘で、蠟燭町の飯屋で下女として働いている。店にもたまに顔を出すことがあり、気の荒い人足からも可愛がられていた。

昨年、思わぬ縁があって、信長と知りあい、親しく話をする仲となった。

「味方だと思っていたのに、あっさり手のひらを返しおった」

「女は裏切るものですぜ。あてにするのが間違っていますよ、旦那」

甚内の冷やかしに、信長は苦笑で応じざるをえなかった。

「まあ、よいではないか」

信長は、甚内に聞かれぬよう声を低くして、光秀にささやいた。

「のちのち、儂の変な文が出て、世の中を騒がすのもおもしろい。あの第六天魔王が、女の文を書いていたのだぞ。後世で見た者がどう考えるか。そこに頭をめぐらせただけでも、おもしろいではないか」

光秀が返答するよりも早く、信長は手を振って、縁台を離れた。

風がひときわ激しさを増し、裾《すそ》を巻きあげる。

やはり今日は暖かい。春は思ったよりも早く訪れそうだ。

第二話　奇　縁

一

出雲阿国《いずものおくに》が江戸中橋で芝居を見せる。信長がその話を聞いたのは、二月のなかばになってからだった。

京で一世を風靡《ふうび》した踊り手が江戸を訪れ、その芸を披露《ひろう》する。そのこと自体は去年から決まっていて、江戸城に舞台が作られ、大御所家康や将軍秀忠が踊りを鑑賞する手はずが整っていた。

その際には、江戸在住の大名も臨席することとなり、大がかりな宴が開かれる。ほかにも、名の知れた寺社で踊ることになっていて、裕福な商人は席を確保するため、さかんに金をばら撒いていた。

すでに阿国の一座は江戸に入って、準備を整えている。騒ぎが大きくなるこの情勢下で、阿国が江戸の真ん中に舞台を作り、町民相手に芸を見せるとなれば、耳目《じもく》を集めて当然だった。

蠟燭町のみはしでも、職人や人夫が顔を合わせるたびに、舞台の話をしていた。どこでやるのか。見ることはできるのか。町の者でも好きに顔を出していいのか。それとも、金のある者だけが許されるのか。

信長は、なんとか見にいきたいと熱心に語る職人たちの言葉を聞きながら、昼食を取っていた。

「ねえ、じいちゃんは見にいかないの」

おみちが白湯《さゆ》を縁台に置いた。

みはしは縁台をなかば道に突きだしているような店で、たいていの客は道に並んだ縁台に座って、食事を取っていた。信長もそれは変わらない。

信長はおみちを見てから、思いきって訊ねる。

「じいちゃんとは、儂のことか」

「うん」

「それは、やめてくれ。一気に老けた気がする」

おみちは首を傾《かし》げて、信長を見た。爺さんのくせに、なぜ、そんなことを言うさらに十歳も年を取ったような気分になって、阿国の芝居か」

信長は先を続けた。

「見にいくって、阿国の芝居か」

「うん」

「どうだかなあ。似たような芝居は、前に見たことがあるからなあ」

「どこで見たの」

「京だ。日が暮れる寸前からはじめるのだが、桃色の衣が灯りで照らされて、なかなか美しかった」

信長が京に留《とど》まっているときには、全国各地から芸達者《げいたつしゃ》が現れて、路上で踊り、歌っていた。

おもしろかったのはややこ踊りで、おみちぐらいの娘が舞台で舞ってみせる。たどたどしさが、かえって魅力的で、信長も自分の屋敷に呼んで踊ってもらった。

「おなごが男のふりをして踊るものもあった。ちと見ていて無理があったが」

「きれいなんでしょ。だったら、あたしも見てみたい」

「それは、難しいかな」

踊りの舞台は、終わったあとに遊女が出てきて、客を取ることが多い。場合によっては、踊り手が出てきて、男を引っかけることもある。

客もそれを期待していくので、舞台の周辺は人気《じんき》が悪い。京では、織田家の若侍が松永家の家臣と刃傷沙汰《にんじょうざた》になったこともあった。

いまでもそれは変わらない。阿国の舞台には欲目《よくめ》につられた男が集《つど》うはずで、近づくのは危険である。

「いつになるかはわからんが、その日は母ちゃんとおとなしくしておれ。近いからといって、中橋に出ていこうと思ってはいかんぞ」

おみちはうなずき、信長から離れた。だが、すぐに足を止めて振り向き、大きな瞳を向けてきた。

「だったら、じいちゃんが見てきて。それで、なにがあったのか教えて。そうすれば家から出ないで、おとなしくしているから」

信長は唸《うな》った。うまく言葉が続かない。

さて、どうしたものか。

二

阿国の舞台は二月二十五日に開かれることが決まり、結局、信長は見にいくことになった。三浦屋の件をうまくおさめてくれたお礼ということで、甚内が席を手配してくれたのである。

席を取るのは大変で、名の知れた町人が阿国の一座と直に交渉したが、確保できたのは限られた者だけだった。甚内もそのひとりであったのだが、彼は信長に会うと、思わぬ内情を語った。

「じつは、向こうから話が来たんですよ。旦那をぜひとも呼んでくれと。手前としても、阿国の舞台はぜひとも見てほしかったんで、ありがたい話だったんですが、ちと妙な気がしますね」

信長は首をひねった。一座との接点はないことを考えれば、たしかに奇妙な話だった。

気になりながらも、信長は中橋に赴《おもむ》いた。

その日、舞台のまわりには、数えきれないほどの町民が集まっていた。厚い雲が空を覆《おお》う寒い日であったにもかかわらず、阿国の踊りに期待する男女は途切れることなく押し寄せていた。列は日本橋の近くまで伸びており、奉行所の与力《よりき》が様子を見にくるほどだった。

信長は人の群れを掻《か》き分けて、舞台に向かった。

中橋のかたわらに作られた仮設の舞台は、能舞台と同じ構造だった。橋掛かりから後座、本舞台へとつながっており、十分な広さが確保されている。鏡板はないが、屋根もつけられており、とても仮設とは思えない立派な作りである。ややこ踊りの舞台が、簡単に板を継ぎあわせたものだったのだから、大きな進歩だ。

仮設の舞台は幕で仕切られていて、限られたお客しか観覧できないように工夫《くふう》されている。観客は約百人で、上席は身なりのよい商人が占めていた。

武家の姿が見あたらないところからして、今回の芝居は、町人に見せるためだけに用意されたようだ。

客は口々に、阿国がどのような芝居を見せるのかについて語っていた。京で見た者もいるらしく、あらすじについても軽く触れていた。

当の信長は、阿国について、ほとんど知らない。

天正の御世、出雲から出てきて、京でややこ踊りにかかわっていたこと。

その後、全国各地をまわって、みずからの芸を披露していたこと。

それがたちまち広まり、家康が天下を取って京が落ち着くと、北野天満宮《きたのてんまんぐう》や四条河原で興行《こうぎょう》をおこなったこと。その程度である。

阿国自身は美女とは言われていたが、実際にどのような人物なのかはよくわからない。ただ、大柄《おおがら》とは聞かされていた。

阿国について関心が持てなかったのは、彼女の全盛期に京を離れていたからかもしれない。秀吉が作りだした派手《はで》な町並みは、いまいち好きになれず、全国各地を渡り歩いていたのだ。

大仰《おおぎょう》な舞台は、興醒《きょうざ》めだった。天下統一に興味が失せたころから、信長は手間《てま》暇《ひま》をかけた猿楽《さるがく》よりは、地方の素朴《そぼく》な踊りを好んでいた。

かぶき踊りも派手なことで有名だったので、信長はあまり期待せず、阿国のかぶき踊りを見はじめたのだが……。

予想は、よい意味で裏切られた。

かぶき踊りのその名のとおり、舞台に立つのはかぶき者である。

中心となるのは若い侍で、それは阿国が男装した姿であった。能舞台に立っていながら、その動きはまったく猿楽とは反しており、大股で横切って、客に対して大きく手足を振り、おのれの存在を誇示した。

阿国が腕を振るたびに、袖《そで》があざやかに舞いあがって、思わず目を惹《ひ》きつけられた。

中盤では、名古屋山三郎《なごやさんざぶろう》が幽界から出てきて、阿国と語りあうという流れになり、舞台を盛りあげた。

名古屋は、最近、亡くなった役者であり、京でも名優として名前を知られていた。阿国との関係も深く、そのあたりをうまく使う構成はうまい。

猿楽に比べると、筋がわかりやすく、言葉も聞き取りやすい。派手でいて、しかも芸道にくわしくない人物にも筋がつかめるように工夫されている。

名古屋山三郎がふたたび幽界に戻るところでは、観客から悲鳴があがったほどだ。誰もが、舞台に集中している。

有為無常《ういむじょう》。目の前の舞台は、おおいなる夢であるが、それを現実と思わせるだけの熱量があった。

最後に役者がそろって姿を見せ、激しく踊る。

すべてが終わり、阿国が一礼して橋掛かりの先に消えると、観客がわっと声をあげた。賛辞の声が周囲に満ちる。涙を流しながら、阿国の名を呼ぶ者もいた。

熱狂が広がるのを横目で見ながら、信長は舞台を離れた。

人混みを避けつつ裏手にまわると、若い男が待っていて一礼した。そのままなにも言わず、先に立って歩きはじめる。

なにも言わないが、意図するところはわかった。

客の声が弱くなり、潮騒《しおさい》があたりを包む。

夜の海が目の前に広がったところで、男は足を止めた。

中橋は、江戸湾と外堀を結ぶ堀にかかっており、少し歩いただけで海岸にたどり着く。芝居の最中も、潮の香りが強く漂《ただよ》っており、それが夢の世界に彩《いろど》りを与えていた。

男はすっと夜の闇に消え、それに代わって姿を見せたのは、派手な隈取《くまど》りをした女だった。

背丈は、信長とたいして変わらない。骨太《ほねぶと》で、歩く姿にも力強さがある。

顔立ちは整っているが、美しいとは言いがたい。

だが、美醜を問題にしないだけの迫力が、女にはあった。

さながら霊気を集めているかのようで、日の暮れた海岸線に立っているのに、みずから輝いているように思える。さすがに名の知れた一座を率《ひき》い、舞台に立っているだけのことはある。

「わざわざ、すみませんね。こんなところまで」

女の声は澄んでいて、聞いていて心地よかった。

「どうしても話したいことがございまして」

「かまわんさ。それよりもいいのか。座頭《ざがしら》がこんなところまで出てきて」

「いいんですよ。あとは客も役者も入り乱れての大騒ぎです。近場の宿はおさえていますから雪崩《なだ》れこんで、それなりのことをするだけですよ。みながそれを望んでいるのですから、好きにさせておけばよいのです」

「それが、おぬしの考えか。阿国」

先刻まで舞台の中心にいた女、出雲阿国が信長の前に立っていた。

「ずいぶんと割りきっているな」

「どこでもそうでしたから。北野天満宮では、宮司《ぐうじ》も出てきて騒いでいました。人の欲はどこでも変わりませんよ」

「芸を堪能してほしいとは思わないのか」

「物珍《ものめずら》しいだけの芸ですから。どうせ、すぐに飽きます」

阿国は小さく笑った。わずかにつりあがった口元にはなんとも言えぬ色気が漂っていたが、信長は無視した。

「さて、用件を聞こうか。なぜ、儂を呼びだした」

「気づいてくれて、ようございました」

「あれだけ見ていればな。嫌でもわかる」

阿国は、芝居の最中、不自然なぐらい信長に視線を送ってきた。あきらかに誘っており、それがわかったからこそ、信長は舞台の裏手にまわった。

「助かりましたよ。どうしても話しておきたいことがあったので」

「なんの用だ。おぬしとは、なんのかかわりもないはずだが」

「そうですね、第六天魔王。私とは会ったこともございませんでしたね」

阿国の声が高くなり、信長は目を細めた。

「……なんのことだ」

「とぼけても無駄ですよ。あの織田信長が生きていて、江戸にいる。その話を聞いたから、あたしは江戸に来たんですよ。大御所さまや将軍さまに芸を披露したのも、そのためです。江戸についたら、すぐ調べさせて、竹町にそれらしい爺がいるとわかったんで、あたし自身が見にいきました」

「そうか」

「ひと目見て、織田信長とわかりましたよ。空気がまるで違いましたから」

信長は息をついた。これでは、とぼけることもできない。

阿国は、京で豪商や文人と深く付きあっており、そのうちの誰かから話を聞いたのかもしれない。殺しでもしないかぎり、人の口を完全に封じることはできないのであるから、漏《も》れてしまうのもやむをえない。

「それで、この落ちぶれた爺になんの用だ。いまは、天下のての字もつかんではおらぬぞ」

「顔が見たかったんですよ」

阿国は笑った。

「出雲のおたかって知っていますか。私の母親なんですけれどね」

「……いや」

「そうですか。覚えるほどの女ではなかった、ということですか」

「どういうことだ」

「私が江戸に来たのは、父親の顔を見にきたんですよ。織田信長っていう名前をした父親のね」

信長は絶句して、阿国を見た。

朱《しゅ》色の小袖《こそで》を身にまとった女は腕を組み、口元をつりあげながら、信長を一直線に見ていた。

三

話を聞いて、さすがの光秀も顔色を変えた。しばし言葉が出ない。

「阿国が、上さまの娘ですか」

ようやく口を開いたのは、温かい風が障子《しょうじ》の隙間《すきま》から吹きこみ、よどんだ空気を払いのけてからだった。

ふたりが話をしているのは、信長の屋敷だ。

竹町にある二階建ての町屋で、下男、下女と一緒に暮らしていた。話をしている座敷は六畳ほどで、布団を片づければ、ふたりで座って話もできる。

光秀と話をするのは、この座敷であることが多かった。微妙な話題のとき、余人に聞かれる心配がないのは、じつにありがたい。

「驚きましたな。さすがに」

「儂もだよ。この年になって、娘が出てくるとは思いもよらなかった」

信長は腕を組んで、光秀を見る。

「おぬし、阿国のことについてどれぐらい知っている」

「上さまと同じでございますよ。京で名をなした芸人としか。太閤《たいこう》秀吉にも内々に芸を披露したことがあるようで。細川幽斎さまや今井《いまい》宗薫《そうくん》殿ともつながりがあるらしいです」

「そのあたりから、儂のことが漏れたか」

「それについては、なんとも。出雲の杵築《きづき》社に縁のある者という話もありますが、あくまで噂でして。芸を売って歩く者のことですから、勝手に話を作っていることも考えられます。なにが本当でなにが嘘か、確かめることはできません」

光秀は間を置いてから、信長を見あげた。

「阿国の年は、わかっていません。二十という声もあれば、三十という声もあります」

「あれだけの一座を率いているのだ。二十歳ということはなかろう。見た目からでは、なんとも言えぬな」

「だったら、年は合いますな。そのころ、上さまは京にいたはず」

「なにが言いたい」

信長の厳しい視線を、光秀は正面から受け止めた。

「あのころ四条河原には、芸人が数多く集まっていました。そのなかに、出雲から来た、ややこ踊りの一座がいたとしてもおかしくありますまい。上さまも、どこぞの一座を呼んで、屋敷で踊り見物をいたしましたな。そのとき、騒ぎに紛《まぎ》れて……」

「よせ。あのころの儂は忙しかった。そんな余裕はなかった」

「いまさらなにをおっしゃるか。上さまは、しょっちゅう屋敷を抜けだして、花見や川遊びに出かけていたではありませんか。摂津《せっつ》で騒ぎが起きて、急ぎ注進《ちゅうしん》に向かったところ、巨椋《おぐら》池で船遊びをしていて、話ができるまで半日近くかかったこともございましたな。京を離れて、高槻《たかつき》城の高山《たかやま》右近《こん》と話をしていたときには、行方をつかむまで一日を要しました」

「また、昔のことをねちねちと……そういうところが嫌われるのだぞ」

「性分ですから、致し方ありません。ちなみに嫌っているのは上さまだけで、他の方々とはうまくやっております」

昔から口が達者な光秀であったが、年を取ると、そこに容赦なく毒をこめるようになった。耳に痛い話で、じつに腹立たしい。

考えてみると、光秀に口で勝ったことはほとんどない。なんとか言い負かしてやりたいとは思うが、いつも追いこまれるのは信長で、最後には横を向いて無理やりに話を終わらせていた。

今回も信長は横を向いたが、光秀はなおも語りかけてくる。

「上さま」

「なんとも言えぬ。あのころ出入りが激しかったのはたしかだが、芸人に手を出した覚えはない」

「では、阿国の話は、まったく身に覚えがないと」

「ないな。まったく」

光秀は、じっと信長を見ていたが、やがて小さく息をついた。

「わかりました。信じましょう」

「よいのか」

「上さまは、女関係に、とても気を遣《つか》っておりましたから。よほどのことがなければ、かかわりのない女に手を出すことはないでしょう。羽柴筑前《はしばちくぜん》とは、そのあたりが違いますな」

「そう思ってくれると、ありがたいな」

信長はかたわらのへし切り長谷部《はせべ》を手にして、立ちあがった。

長谷部は、信長が黒田家に贈った打刀であったが、昨年、とある事情があって、ふたたび信長の手に戻ってきていた。当主の黒田長政は返してほしいと申し出ていたが、完全に無視していた。この切れ味を、手放す気にはなれない。

「どちらへ」

「三浦屋だ。人と会う約束があるのでな」

「それは、もしや……」

「おぬしも来るか」

光秀はゆっくり首を振った。面倒は御免だと顔に書いてあった。

察しがよいところも、光秀の嫌らしいところだ。いつでも人の先まわりをして、騒動を避けつつ、有効な手を打つ。彼でなければ、人と欲が複雑に絡みあっていた丹波《たんば》は、攻略できなかったであろう。

その光秀が、なぜあのとき、本能寺に襲いかかってきたのか。

あそこで信長を討っても、天下が手に入らないことはわかっていたはずだ。策を凝《こ》らすことなく、ただ衝動的に攻めたてたのは、あまりにも光秀らしくないように思えた。

いまだ、光秀は真相を語らず、信長が問いかけても沈黙を守っている。

いつか口にすることがあるのか。それは、なんとも言えない。

四

信長は屋敷を出ると、柳町の三浦屋に向かった。

例の騒動で、楼主は追いだされ、店は庄司甚内のあずかりとなっていた。彼もまた忙しい人物なので、普段は店にはおらず、実際に牛耳《ぎゅうじ》っているのは別の者である。

「わざわざお越しいただき、ありがとうございます」

頭をさげたのは、たきだった。

楼主《ろうしゅ》の代理として、三浦屋の実務をとりまとめているわけだが、その手際は見事で、甚内も感心するほどだった。彼女が店をまかされるようになって以来、若い衆が騒動を起こすことはなく、妓女も無下《むげ》に虐《しいた》げられるようなことはなくなっていた。

「うまくやっているようで、なによりだな」

「おかげさまで。庄司さまと、あのお坊さまが手を貸してくださっています」

「十兵衛め。手の早さはあいかわらずだな」

「今日は、京で名の知れた御方を迎えることができて、嬉しゅうございます」

「まさか、遊郭に呼ばれることになるとは思わなかったがね」

軽く頭をさげたのは、阿国だった。表情はやわらかい。

「先刻は大変、うまい魚料理をいただいた。そこはありがたく思っている」

昨日の霊気は完全に消え失せているが、目の輝きは強い。顔を合わせていると、気分が不思議と高揚《こうよう》する。

しばし、阿国はたきと話をした。

三味線に興味があるようで、さかんに弾き方を尋ねていた。自分の芝居には合わないと口にしていたが、なにか感じるところがあったらしく、手元に置いて放さなかった。

たきが立ち去り、ふたりきりになったのは、およそ四半刻が過ぎてからだった。

鷗《かもめ》の鳴き声が、彼方から響く。

ふたりが顔を合わせているのは、先日、遠野親兵衛に拘禁《こうきん》された座敷である。

二月も下旬となれば、早咲きの桜《さくら》が開く。日の光は強くなり、吹き抜ける風も春の温かさに満ちている。三月になれば、桜の花も満開になり、江戸の町も一気に華《はな》やぐ。

「なにを考えておられるのですか」

阿国の口調は穏やかで、さながら箏《そう》の音色を思わせた。

「ずいぶんと静かにしておいでですが、なにか考え事でも」

「べつに。いまが春本番だなと思っただけだ。京に比べると江戸は地味で、花見の名所も少ないが、それがいい。これから日の本の中心になる町が、育っていく姿を感じることができる。春の景色を見ていると、それを痛感するよ」

「たしかにいいところですね。荒っぽくて、埃《ほこり》っぽいですが、人がおおらかで、よけいなことに気を遣わずに済みます。よけいな口出しをする方も少なくて、なにかとやりやすいです」

阿国の声には苦味があり、信長は思わず笑った。

「西国には、半端《はんぱ》な通人《つうじん》も多い」

「京では毎日のように、芸をこうすればいい、ああすればいい、と言われてきました。よけいなお世話ですよ。そんなに気になるなら自分でやればいいんです」

阿国の表情は硬いままだった。冗談で済ます話題ではないのかもしれない。

「つまらないことを言いましたね。さて、どこから話をしましょうか」

「呼びだしたのは、おぬしだ。勝手にするがいい」

昨日、阿国の使いが来て、会って話がしたいと伝えてきた。用事もなかったので、信長は素直に応じ、三浦屋を指定したのである。

訊いてみたいことはあるが、先手を取って踏みこむ気にはなれない。

「では、身の上話でも聞いていただきましょうか」

阿国は、自分が京の生まれであると語った。出雲に移り住んだのは三歳のときで、それまでは山科《やましな》の地で暮らしていた。

芸をはじめたのは七歳になってからで、ややこ踊りに加えて、杵築社に伝わる伝統の舞も学んだ。

踊りの才に長《た》けていたこともあって、たちまち頭角《とうかく》を現し、九歳のときには旅の一座に加わって、因幡《いなば》鳥取《とっとり》や備前《びぜん》岡山《おかやま》に赴《おもむ》いて、踊りを披露するようになった。

京にはじめて赴いたのは十二歳で、四条河原でややこ踊りを見せた。

「驚きましたよ。たくさんの人がいて、京はすごいところだと思いました」

「しばらく留まっていたのか」

「いえ、三月で戻りました。母が亡くなったので」

流行病《はやりやまい》にやられて、あっさりと死んだとのことだった。出雲に戻り、母の弔《とむら》いを済ませてから、阿国はふたたび京に出てきた。

そのころには、彼女の踊りは評判になっており、たびたび公家や武家に呼ばれて、屋敷で踊りを披露した。秀吉に見せたのもそのころで、阿国のためにしつらえた能舞台で、ややこ踊りを舞ったという。

「秀吉には、舞台後に声はかけられなかったか」

「かけられましたよ。ですが、断りました。好みではなかったので」

「豪毅《ごうき》なことだ。逆らって首が飛ばされるとは思わなかったか」

「芸人の末路《まつろ》なんて、憐《あわ》れなものですよ。いつ道端で冷たくなっていてもおかしくない。その日暮らしの、儚《はかな》い幻なんですから、自分のやりたいようにやらせてもらいます」

阿国は笑った。

「それに、太閤さまも、あたしは好みではありませんでした。もっと幼い子を選んで、遊んだようですね」

信長は笑って手を振ると、阿国は先を続けた。

京を出たのは二年後で、近江《おうみ》、越前とまわり、敦賀《つるが》から船で越後に入ると、春日山《かすがやま》、柿崎《かきざき》、与板《よいた》を訪ねた。佐渡島《さどがしま》には三か月ほど留まり、土地の踊りを学んだ。そのまま北にまわって出羽から奥羽に入り、蝦夷にも足を運んだ。大きく北をまわって関八州に入ったのは二年後であり、京に戻るまでには、さらに時間を要した。

「かぶき踊りを舞ったのは、そのころか」

「ええ。私、このとおりの見てくれですから、ただ舞っていただけでは、すぐに飽きられてしまいます。どんどん新しいものを取りこんでいかないと」

「筋立てはわかりやすくてよかったぞ」

「京の通人には、さんざん叩かれました。呼びだされて、説教されたこともありますよ。とんだ閑人《ひまじん》で、困ったものです」

それでも京の町で評判になったのだから、阿国の芸がすばらしかったことは間違いない。公家や武家に声をかけられ、終《しま》いには御所《ごしょ》にも呼ばれて、かぶき踊りを披露することになった。

さすがに天子《てんし》さまから直に声をかけられることはなかったが、楽しませてもらったという旨《むね》の伝言を賜《たまわ》ったという。

「あとは、ご存じのとおりですよ。しばらく京でやっていましたが、徳川さまの御世になって、このままではいられないと思ってね。せっかくだから江戸に出てきたわけです。その前に、信長さまが生きていると聞かされて、せっかくですから顔を合わせてみようと思い、お声がけさせていただいたわけです」

「なるほどな。筋は通る」

信長は、かたわらの盃を取った。たきが用意した品で、みずから酒をそそぐと、一気に飲み干す。

「それで、なんのために声をかけてきた。恨み言でも述べるつもりだったか」

「ただ顔が見たかったという理由《わけ》では駄目ですか」

「感慨《かんがい》に耽《ふけ》る女には見えんな」

「父親に逢えるとなれば、多少は心が動くと思いませんか」

阿国の声がわずかに低くなった。眼光が強まるのがわかる。

「父について知っていることは、ほとんどありません。とにかく母が語らなかったので。ただ、京で出会った偉い人とだけ言っていました。おおかた、芸を披露したとき武家の男に声をかけられて、一夜を共にしたのでしょう。そんなことは、さして珍しくありませんでしたから。そこで子どもを授《さず》かったが、男には相手にされなかった。そんなところではありませんか」

「べつに珍しい話ではない」

「捨てられた子どもにしてみれば、たまったものではありませんよ。父親がいない。それに慣れるまでに、ひどく時を要しました」

阿国の拳《こぶし》が膝《ひざ》の上で震えたが、それは一瞬のことだった。表情に大きな変化はなく、感情の揺らめきは見てとれない。

信長は阿国を見つめる。口を開くまでには、時を十分にかけた。

「儂が父親であると、誰から聞いた」

「さる公家の方からです。私を誘う口実だったのでしょうが、おもしろい話でした。あたしの生まれは天正六年ですから、辻褄《つじつま》も合いましたしね。お心あたりはありますか」

「その時期、京にはいた。それは間違いない」

「遊んだ女のことは覚えていないと。よい話ですね」

「それで終いか」

信長に問われて、阿国は目を細めた。

「どういうことですか」

「これで話は終いか、と聞いている。そんな怪《あや》しげな話を伝えるためだけに、儂を呼びだしたとは思えぬ。違うか」

信長は、正面から阿国を見つめた。

「話をしてみてわかったが、おぬしは相当に頭がいい。言葉のひとつひとつに意味がある。先手を打って話を動かし、じつにうまく自分に都合のよい流れを作りだしていく。そんなおぬしが、真偽もわからぬ父親の話をするためだけに、儂を呼びだしたとは思えぬ」

「意味があって、こうして信長さまの前に座っていると」

「そうだ。そろそろ本音を語らぬか」

阿国は信長をしばらく見ていたが、やがて小さく息を吐いた。

「さすがは、天下の覇王。抜け目がありませんね。爺さまなので誤魔化《ごまか》せるかとも思っていましたが、甘かったようで」

「父親のことは別にして、なにか言いたいことがあるのだろう。しかも、おぬし自身の身の上にかかわることが」

「察しがよくて助かります。じつは、お願いがございまして」

「なんだ」

「守ってほしいのですよ。私は狙われているのです」

意外な言葉に、信長はわずかに表情を変えて、阿国を見やった。

希代《きたい》の踊り手は、表情を変えず静かに座っている。その振る舞いから、内心を透かし見ることはできなかった。

五

翌日から信長は、阿国に張りついて、身辺の探索をはじめた。

迷ったが、放っておくことはできなかった。それだけの重みが阿国の言葉からは感じられ、信長はみずから動くことを決めたのである。

阿国の一座は、中橋での芝居を終えたあと、江戸の各所で生活していた。宿に泊まる者は少なく、大半は京で縁のあった家で暮らしていた。

阿国も同じで、村松町の商家、摂津屋《せっつや》に宿泊していた。摂津屋は、本家が京の呉服屋で、以前から阿国の芝居を支援しており、その縁で江戸に留まる間は宿を提供する約束ができていたようだ。

普段の阿国は、芝居の稽古をすることもなく、江戸市中を歩きまわっていた。

ある日は於玉ヶ池《おたまがいけ》のほとりでぼんやり座って一日を過ごし、またある日は、芝増上寺《しばぞうじょうじ》まで赴いて、その大伽藍《だいがらん》を珍しそうに見物したりした。

人夫と話をして、江戸城の普請について語りあうこともあった。今年、江戸城に天守閣を作ることが決まっていて、新たな職人が京橋周辺に入りこんでいた。阿国はおもしろそうな職人を見つけると、いちいち声をかけ、何事か話しあって大きな声で笑った。

蠟燭町のみはしにも訪れて、店主のおとみや手伝いのおあや、おみちとも話をしていった。正体は明かさず、単に信長の知りあいという名目で顔を見せたのであるが、阿国の飾らぬ人柄もあって、すっかり馴染《なじ》んでしまい、別れ際、もう少し遊んでいくとおみちが駄々《だだ》をこねたほどであった。

阿国もおみちを気に入って、簡単な踊りを教えてくれた。

踊りも見せていたが、世話になった武家や商家を相手にしたもので、大規模な興行を打つことはなかった。

江戸の阿国は、なにもせず、静かに暮らしていた。派手な化粧をしなかったこともあり、町を歩いていても、気づく者はいなかった。ただのおもしろい話をする町女だと思われており、かぶき者も彼女が話しかけると、格好つけることなく、笑いながら応じるのであるからおもしろかった。

十日にわたって信長は振りまわされたが、出歩いてくれたおかげで、実態が見えるようになった。

たしかに、阿国は狙われていた。

六

「張りついているのは、三人だな」

信長は淡々《たんたん》と語った。

「若い左官《さかん》、商家の小僧、あとは、住みこみの下女を装《よそお》った女だ。阿国が出かけると、三人が入れ替わるようにしてあとをつける。出かけてから摂津屋に戻るまで、途切れることはない」

信長の話を、光秀は無言で聞いていた。

昼のやわらかい光が、障子《しょうじ》越しに差しこんでくる。いつもと同じ座敷での話だったが、信長の声は低く、光秀だけに言葉が届くように気を遣っていた。

「たまに三十過ぎの男が姿を見せる。中間《ちゅうげん》に見えるが、目つきも仕草《しぐさ》も尋常ではない。気配を消すのがうまく、気づけば阿国のかたわらにいたこともあった」

「おそらく、草《くさ》の者でしょうな」

「そうであろう。しかも相当に腕が立つな」

信長は、白湯をすすった。

「あとは左官の格好をした男がふたりいて、阿国の身辺を探っている。摂津屋の手代《てだい》と話をしているのを見た。隙《すき》のない動きから見て、そちらも草の者であろうな」

「狙われているのは間違いないと」

「ああ。六人、へたをすると、もっと多くの草が、阿国の動きを丹念《たんねん》に調べあげ、なにかを仕掛けるつもりでいる。命を狙っているのか、ほかになにか狙いがあるのか。はっきりしたことはわからんが、荒っぽいなにかが起きることは間違いない」

「なるほど。だから、ここに来たとき、妙な気配がしたのですな」

「気づいていたか」

「あれだけ見られていては、嫌でも」

信長は立ちあがって、障子を開いた。

見おろした先には、商家の丁稚《でっち》を装った男が立っていた。濃緑の小袖に、縄帯《なわおび》というでたちで、誰かを待っているように見せながらも、さかんに周囲の様子をうかがっている。

「向こうも、儂のことには気づいた。調べをはじめた翌日には、あいつが来ていたよ」

「草の者ですな。松永さまがよく使っておられて、何度か顔を合わせたことがあります」

「おぬしは使わなかったな。儂も嫌だった」

草の者は、状況によって敵味方を変える。昨日までは味方だったのに、次の日にはあっさり寝返って相手方についてしまう。つねに腹を探られているようで、信長は好んでいなかった。草の者と話をしたことは、ほとんどない。

「なぜ、阿国を狙うのでしょうな」

光秀の問いに、信長は唸って応じた。

「痴情のもつれやもしれぬ。いろいろと浮き名を流しているからな。頭に血がのぼって、亡き者にしてやろうと思ったのかもしれない」

「そのために、わざわざ草を動かしますか」

「どこぞの大名をたぶらかしたのかもしれん」

「本気で、そう思っていますか」

舌鋒《ぜっぽう》の鋭《するど》さに、思わず信長は顔をゆがめた。まったく容赦がない。

「これでは、埒《らち》があきませんな。本当のところを聞かせてもらわないと」

「言いたいことがあるのなら言え」

「では、肝心なことをひとつ。阿国は本当に、上さまの娘なのですか」

光秀は急所を突いてきた。

正論で攻めたてるのはいつものことだが、今日はとりわけ鋭い。ある程度、事情を察しているようで、逃げるのは難しそうだ。

「わかった。では、一から話をしよう」

信長は座り直して、光秀を見た。

「まず言っておく。阿国は儂の娘ではない」

「さようで」

「知ってのとおり、あの時代、京は乱れていて、身分のある家にも芸人の出入りができた。屋敷で落ちあい、近場の農家を借りて遊ぶということも珍しくなかった。武家も公家も変わらぬ。戦国の世だったと言ってしまえばそれまでであるが、人倫《じんりん》が乱れていたことはたしかだ」

信長が上洛したとき、京の町はひどく荒廃していた。多くの武家が乱入して荒らしまわった結果で、御所も建物や壁の傷みがひどく、信長が修繕するまで長い間、放置されていた。

町が荒れれば、人の心も乱れる。それをよいことに、謎めいた芸人が公家の家にも入りこみ、家の者と深い関係に陥《おちい》ることがあった。むしろ、公家の主人が女を呼ぶこともあり、京が誇る雅《みやび》は完全に崩壊していた。

「芸人の女が子どもを連れてきて、名のある公家の子ですと言いだしたこともあった。それも一度でなく、二度三度とな」

「内々に片づけました。手間取りましたな」

「阿国もそうした子どものひとりよ」

信長は語気を強めた。

「阿国の母親は、とある身分ある者と通じあった。一度だけなのか、それとも繰り返しだったのかははっきりせぬ。ただ、それで身ごもって、子をなした。問題だったのは、それに気づいた父親か……もしくは縁者が、子を始末するために、追っ手を出したことだ。知られたらまずいと思ったのであろう。母親はそのことに気づいて、助けを求めてきた」

「まさか、それが上さまですか」

「正しくは、お鍋《なべ》だ。伝手《つて》があったらしく、話を持ちこんできた」

お鍋の方は信長の側室で、七男の信高《のぶたか》、八男の信吉《のぶよし》、六女の於振《おふり》を産んだ。頭のよい娘で、正室の鷺山《さぎやま》を助けて、長きにわたって奥向きをまとめた。

信長の死後は、美濃国の興福寺《こうふくじ》を位牌所と定めて、その菩提《ぼだい》を弔っている。子の信吉が西軍について改易されてしまったため、生計を断たれたが、豊臣家からの支援を受け、いまは京で暮らしている。

年は取ったが、まだ生きている。

「そうですか。あの方が」

「さすがに、憐れに思って、京から抜けだすのを手伝った。しばらくは山科にいたが、早々に出雲に移った。その娘が阿国だったわけだ」

「知らなかったのですか」

「忘れていた。母親の名前を聞いたときに思いだした」

あの後、細川幽斎に文を出して確認を求めたが、間違いないとのことだった。

「まさか、会うことになるとは思わなかった。しかも、儂の娘と言ってくるとはな」

「本気でそう思っているのでしょうか」

「さあな。母親がなんと聞かせていたのか、儂にはわからぬ。なんにせよ、放っておくのはいささか心苦しい。因縁《いんねん》が絡《から》みついていてはな」

「そういうことでしたら、上さまが動くのもわかります。手前もそうしたでしょう」

「そうだろう。おぬしは、昔から子どもに甘かった」

信長はからかったが、光秀は気にした様子も見せず、平然としていた。

「問題は、いまだに阿国が追われているということですな。子どものころに追っていた連中が、また手を出したとは考えにくいのですが」

「いや、追っているのは、同じ連中だ。三十年近く経っているから、人は変わっているだろうがな。下知《げち》を出しているのは、同じところで暮らす奴らよ」

「いったい、何者ですか。公家ですか」

信長は口ごもった。珍しく、言うべきかどうか判断がつかなかった。

最終的には口を開いたのは、光秀という人物を信頼してのことだ。

彼なら、なにを訊いても動揺しないであろうし、迂闊《うかつ》に事を漏らさず、手を貸してくれると思えた。

いまとなっては、家臣の誰よりも付き合いが長い。謀反まで起こした人物だからこそ、その心根はよくわかる。

「単なる公家では、刺客は送れない。何十年も経っているのにな」

信長は低い声で語った。

「摂関家《せっかんけ》であっても同じことよ。奴らは、妙な子どもの扱いには慣れている。事をうまくおさめるやり方は知っているし、ここまで無茶をする理由《わけ》もない。要するに、その血筋が残っているという事実だけで、厄介に思う者がいるということだ」

「貴重な血筋ということですか。でしたら……」

光秀はそこで息を呑んだ。手が一度あがって、なんの意味もなくおろされる。

「待ってください。そんな、まさか……」

「御所にも、芸人が出入りしていた。おぬしも、それは知っていよう」

「では……お待ちください。それは……」

「さすがに、もっとも尊《とうと》き方には近づいておらぬだろうよ。側近も手を尽くしているはずで、芸を見せる者も心得ていた。せいぜい遠くから声をかける程度よ。

だが、その身内であれば、多少のゆるみはある。ましてや、当時の皇子は、いさ
さか冷遇されていて、日々の暮らしに飽きていた。美しい芸人を見て、遊んでや
ろうと思ってもおかしくなかろう」
「あの……」
「よけいなことを言うな。聞かれたら、それまでであるぞ」
光秀は目をむいて、左右を見まわした。その瞳は激しく揺れていた。
動揺が見てとれる。ここまで驚く光秀を見るのは、はじめてのことだ。
「本当のところはわからぬ。されど、あのころ、朝廷に芸人が出入りしていたこ
とはたしかで、そこでなにかがあったと考えれば、阿国が狙われる理由《わけ》もわかる。
儂は手を尽くして阿国と母親が死んだことにしたのであるが、それがどこかで露《ろ》
見《けん》し、公卿《くぎょう》の誰かが手を打たねばと考えた。京にいるうちに始末したかったので
あろうが、それを察した阿国は江戸に逃げた。刺客は、その阿国を追って江戸に
現れ、襲撃の機会を狙っているというわけだ」
「尊き血が、まさか町中に出ているとは……」
光秀は額《ひたい》を指でおさえた。
「驚くべきことではある。だが、これまでになかったかどうか」

朝廷は、足利家《あしかが》の庇護《ひご》が衰えると零落《れいらく》し、儀式を満足におこなうことすらできなくなった。後奈良院《ごならいん》が宸筆《しんぴつ》を売って、生計の足しにしていたことは有名である。後柏原院《ごかしわばらいん》は、即位の礼をおこなうまで、二十一年を要した。

信長がかつて御所の手直しをしたときには、当時の正親町院《おおぎまちいん》から直に感謝の意を示されたほどで、相当に追いこまれていたのが見てとれた。

生活のため、御所にも身分の卑《いや》しい者が普通に出入りし、口にはできぬような取引もおこなわれたという。

光秀としては、信長の推論を下衆《げす》の勘《かん》ぐりだと思いたいのだろうが、果たしてきれい事だけで、あのころの朝廷が維持できただろうか。

千年も続くには、それなりに無理せねばならぬ場面もあったはずで、決して表沙汰にできぬ出来事もあるだろう。

「早々に手を打ちましょう。なんでしたら、大御所さまに話をしても」

「よせ。騒ぎは大きくしたくない。なにより、あの家康が知ったら、阿国を利用するやもしれぬ。なにやら、朝廷を押さえつけようとしているようだしな」

光秀は応じなかった。それが、朝廷に対する家康の圧力を如実《にょじつ》に示していた。

「儂らだけでなんとかする。おぬしは書状を用意せよ」

送り先の名前をあげると、光秀はうなずいた。

「あの者たちならば、公家をおさえることができよう。あとは、江戸に来ている刺客だが、これは……」

そこで物音がして、信長は息を呑んだ。閉ざされた襖《ふすま》の向こう側だった。誰かいる。信長は長谷部をたぐり寄せて、襖を見つめる。

光秀も、同じように仕込み杖をつかんでいた。すでに、倶利伽羅江《くりからごう》の刀身が見てとれる。

「誰だ」

「三郎《さぶろう》でございます」

のんびりとした声で応じたのは、下男の三郎だった。客が来たと、ゆったりした口調で告げる。

信長は大きく息を吐くと、できるだけ声の調子を落として訊ねる。

「何者か」

「娘です。阿国の一座の者で、阿国さまのことについて話したいとか。どこかへ行ってしまわれたとのことなので」

信長と光秀は顔を見あわせた。

事件は、すでに起きていた。

七

信長は、草の目を誤魔化して江戸の町に出ると、阿国の行方を捜した。

使いの者の話によれば、阿国は昼前にふらりと出かけて、二刻が経っても戻ってこないとのことだった。

三日後には伊達家で芝居を披露することが決まっていて、その打ち合わせをおこなうはずだったが、約束の刻限になっても戻ってこなかったので、あわてて一座の者が近場を見てまわったが、発見することはできなかった。

信長のところに使いが来たのは、なにかあったら連絡するように言い含めていたためだ。万が一のことを考えていたのはありがたいが、あまりにも動きが遅すぎる。

信長は屋敷を出ると、思いつくかぎりで行方を聞いてまわったが、反応はなかった。おとみやおあやとも話をしたが、知らないとのことだった。おみちは顔を見たとのことだったが、それは午前中だったので、あまり役には立たなかった。

光秀も手の者を使って調べさせたようだが、芳《かんば》しい反応はなかった。広い江戸で、ひとりの女を見つけるのは困難である。

たちまち時は過ぎ、春の日も西の地平線に近づいていった。朱色の輝きが町を包みこみ、人々が家に戻るのを見て、信長は焦《あせ》った。

夜の闇が江戸の町を包んだら、手の打ちようはない。刺客が自由に動けるのに対して、こちらはその姿を見出すことすら困難になる。

もし阿国がいまだ自由の身であったとしても、敵側も阿国が出歩いていることは知っているはずで、その行方は追っているはずだ。見つかってしまったら、それまでである。

顔をゆがめて、信長は日本橋から神田方面に向かった。

知り合いの商人に話を聞くためであったが、その直前、手がかりが意外な形で飛びこんできて、信長を驚かせることになった。

信長が神田明神の裏手にまわったのは、日が暮れる寸前のことだった。

日の光は西の空にほんの少し残るだけで、頭上では星が美しく輝いていた。足元は暗く、走るのは難しかったが、信長は一直線に細い道を抜けていった。

神田明神は古くからの社《やしろ》で、大己貴神《おおなむちのかみ》、少彦名神《すくなびこなのかみ》と並び、平将門《たいらのまさかど》を祀《まつ》っていることで知られる。

かつては日比谷入り江の近くに本殿があったが、江戸城の拡張にあわせて、神田山に移された。江戸城内の山王権現《さんのうごんげん》と並んで、江戸の民の崇拝《すうはい》を集めており、年に一回の大祭には多くの人が集まる。

信長も赴いたが、社殿は質実剛健《しつじつごうけん》で、見ていると気が引き締まった。

神田明神の周囲には町屋が増えているが、それでも裏手にまわると、ひとけは途端《とたん》に消える。

先だって大久保長安《おおくぼちょうあん》がらみの事件を扱ったときにも訪れたが、神田山をくだった先は空き地が広がっていて、ほとんど人影は見えなかった。

なぜ、そんなところに向かったのか、信長にはわからない。狙ってくれと言っているようなもので、危険極まりない。

信長が本殿の裏に出ると、着物の袖が見てとれた。山吹《やまぶき》色でよく目立つ。

「阿国」

信長の声に、阿国が振り向いた。木々の合間に広がる空間に、ひとりで立っている。

暗くて表情はよくわからないが、驚いている気配はない。

信長が駆け寄ったところで、左から殺気が来た。たちまち間合いを詰め、上段から白刃《はくじん》を振りおろす。

咄嗟《とっさ》に、信長は左に跳んだ。すぐさま、腰の長谷部を抜き、一閃する。

切っ先が、闇夜を切り裂く。

相手は怯《ひる》んでさがる。まさか、反撃してくるとは思わなかったようだ。

信長は踏みこんで、横からの一撃を放つ。

敵は右に跳んで、手にした長刀で仕掛けてくる。

信長はさがってかわす。着物の袖が斬られて、夜の大地に落ちる。

「おぬし、何者だ」

相手は、無言で信長を見つめる。

覆面で顔は隠しており、容貌《ようぼう》はまったくわからない。いでたちは濃灰《のうかい》の小袖に同じ色の裁着袴《たっつけばかま》で、さながら闇に溶けこんでいるかのように見える。

動きには躊躇《ためら》いがなく、夜の仕事に馴染んでいるのがわかる。

「草の者か。これまで阿国を狙っていた連中だな」

反応はない。暗い瞳で信長を見つめたまま、間合いを詰めてくる。

西の空にわずかに残っていた輝きも、圧倒的な宵闇《よいやみ》に呑みこまれようとしている。

無理をするのであれば、ここしかない。

「京の連中か。朝廷の草がわざわざ江戸まで出てくるとは、ご苦労なことだな」

敵の身体が大きく揺れて、殺気があからさまに乱れる。

それを見て、信長はぱっと前に飛びだし、長谷部の一撃を叩きこむ。

相手はさがるも、その肩を切っ先が切り裂く。

血飛沫《ちしぶき》が舞ったところで、背後から高い声が響く。

「後ろ」

反射的に信長は振り向くと、木々の合間をつらぬいて、同じ装束の敵が飛びだしてきた。後先《あとさき》を考えない突撃で、驚くほどの速さだ。

避けることができたのは、奇跡だった。

すれ違いざま、信長はその胴を全力で薙《な》ぎはらう。

灰色装束の敵は斬られてもまだ走っていたが、やがて魂《たましい》が身体から抜き取られたかのように力を失って倒れた。

すぐさま、もうひとつの殺気が襲いかかってくるが、動揺しているせいか、鋭さに欠ける。

信長はあえて動かず、敵の攻撃を待つ。

強烈な突きが放たれたところで、下から両腕を斬り捨てる。

刀が異様な回転をしながら宙に舞うなか、信長は上段から斬りつけた。

肩から胸まで切り裂かれて、敵は倒れた。大地が赤黒く染まる。

信長は大きく息をついた。

周囲に殺気はない。気配すら感じなかった。

「大丈夫ですか、信長さま」

阿国が駆け寄ってきた。さすがに顔が強張《こわば》っている。

「平気だ。腕は立ったが、油断があったな。おぬしが先に狙われていたら、打つ手がなかった」

おそらくふたりは阿国を狙っていたのだろうが、信長が現れたのを見て、標的を変えた。余人に見られたくなかったのであろうが、つまらない気をまわしたおかげで、付け入る隙ができた。自分と阿国が同時に迫られていたら、かわすのは難しかっただろう。

「危ないところでしたね」

「よく言う。狙われるのがわかっていて、なぜ、ここに来た」

「助けにくると思っていましたから。じっとしているのは性分に合わないので」

「わざと行き先がわかるようにしたのも、そのためか」

阿国の行き先を教えてくれたのは、庄司甚内だった。彼の手の者が立て続けに阿国を見かけて、甚内に伝えてきたのである。

三浦屋を借りた縁から、甚内は、信長と阿国の間に因縁があることを知っていた。だから、早々にどこに向かったのかを伝えてきた。

逆に言えば、阿国はわざと甚内の手の者に自分の姿をさらして、信長があとを追いかけるように仕向けた。神田明神の裏手にまわったのも、刺客を誘《おび》きだすための一手だったのだろう。

「おのれを囮《おとり》にするとは。無茶《むちゃ》をしおって」

信長は、動かぬ敵に歩み寄ると、覆面を剝《は》いだ。

目をむきだしにした男の顔が、そこにはあった。半開きの口からは血があふれている。憎悪と口惜しさが入り混じった、異様な表情だった。

「こやつは知っているぞ。儂を案内した男だな」

「ええ、一座の者です。ずいぶんと前から一緒に芝居をしていたんですが、まさか、私を狙っていたなんて」

信長は、もうひとりの顔も確かめた。そちらは見知らぬ者だった。

「手がかりは持っていまい。そこまで迂闊ではなかろう」

「それでも、こうして敵の亡骸《なきがら》をおさえることができました。これは大きいでしょう。放っておくことはできないはずですから」

阿国は目を細めた。そこまで考えて動いていたのだとしたら、悪辣《あくらつ》だ。

さすがに、芸人の一座を率いて、京や堺《さかい》の大物と互角に渡りあうだけのことはある。

死闘の地は、闇が完全に支配するようになった。それでも信長は動かず、倒れた死体を無言で見ていた。

八

信長が大名小路にある町屋に赴いたのは、神田明神裏の戦いから三日が経ってからだ。

昨年の天下普請以来、武家屋敷と町屋は場所が分かれるようになっていたが、それ以前に建築された屋敷や長屋については、両者が混在したまま整理されることなく残っている。外堀の内側にも、前田《まえだ》家や井出《いで》家、福島《ふくしま》家の屋敷に沿うような形で町屋が並んでおり、町民が武家に混じって日々の暮らしを送っていた。

信長が向かったのは、井手志摩守正次《しまのかみまさつぐ》の屋敷の隣にある二階屋だった。

二階に通されて、しばらく待っていると、鉛《なまり》色の小袖を着た男が姿を見せた。

三十代前半で、きちんと髷《まげ》を結い、月代《さかやき》も剃っている。肌は娘を思わせるほどの白さで、黒い瞳と赤い口を際立たせていた。

顔立ちも整っていたが、厳しい表情が男の印象を刺々《とげとげ》しくしている。

男は信長の前に坐ると、頭をさげた。

「わざわざ来ていただき、恐縮です。織田信長さま」

信長はなにも言わなかった。正体が露見していることは見当がついており、とぼけても無駄だと思っていたからだ。

「先日は、私の手の者が世話になりました」

「危うかったよ。もう少しで、儂も阿国も殺されるところだった。始末していれば、事は簡単だったな」

信長は口元をゆがめて、野獣のように笑った。

「話を続ける前に、おぬしの名前を教えてもらおう。名乗っておらぬであろう」

「それほどの者ではございません。気になるのでしたら、十《とお》、とお呼びを」

「それは数ではないのか」

「この役目についたとき、名前は捨てました。いまは数で呼ばれる身です」

十は淡々と応じる。

「ちなみに、信長さまが始末したふたりは、二十三と三十六でございます」

「死んだ人間すら数で呼ぶか」

「それはあなたたちも同じかと。これまで殺してきた者たちを、きちんと人として扱ってきましたか。一揆に加わった農民など、物にしか見えていなかったのではありませぬか」

怒りが身体を駆けめぐるが、信長はなにも言わなかった。完全に否定するだけの材料は、持ちえなかったからだ。

「よけいなことを言いました。本題に戻りましょう」

「ふたりの遺体は、我らがあずかっている。そのことで、話がしたかったのであろう」

「さようで。ぜひとも返していただきたい」

戦いが終わったあと、信長は、庄司甚内の手を借りて、ふたりの死体を塩漬けにして保存した。いまは新橋の先にある甚内の別宅にあずけてある。

「こちらで弔《とむら》ってもよいが」

「お断りいたします。ぜひとも返していただきたい」

「そうであろうな。知った者に顔を見られたら、大変なことになる。京の草がどこに食いこんでいるのか、あきらかになってしまうからな」

ふたりの顔を知っている者は、多い。

最初に襲ってきた者は、阿国の一座で暮らしており、一座のみならず、町の者たちにも顔を知られている。首がさらされれば、すぐに正体が露見する。

それは、彼らの望むところではない。お上《かみ》に睨《にら》まれるだけでなく、草の者のつながりがさらされることになり、仲間が危険にさらされる。へたをすれば、お上の隠密と戦うことになる。

表沙汰《おもてざた》になることだけは絶対に避けねばならず、だからこそ、信長が遺体をあずかっていることを知ると、即座に接触してきたのである。

面談を申し出たのは信長を見張っていた行商人であり、顔を出したのは陽がのぼる前のことだった。

信長は、十の動きを見ながら、先を続けた。

「渡してもよいが、そのためには、こちらの言い分を受け入れてもらわねばな」

「なんでございますか」

「阿国から手を引け。もうかまうな」

十は眉を動かした。

「取引でございますか」

「そうだ。早々に手を引いて、京に帰れ。さもなくば死体をさらす」

「よくおっしゃる。人は数かと咎《とが》める一方で、取引の材料として堂々と死体を使う。言っていることとやっていることが違ってはおりませぬか」

「名を教えてもらえば、手厚く弔う。人としてできるだけのことはする」

信長は口元をゆがめた。

「だが、せっかく手元にあるのだから、使わないのはもったいない。手段を選んでいるゆとりはないのでな」

「さすがは、第六天魔王。攻めるときは容赦がない」

十は笑みを浮かべたが、目の輝きは冷たいままだ。表情と感情がまったく一致しておらず、それがひどく不気味な印象を与える。

ふたりは、二階屋のせまい座敷で正面から睨みあう。

信長は怯むことなく、話を続ける。

「阿国の正体を知る者は、少ない。事情を知る者もほとんど死んだ。放っておけば、自然と闇に消えていく」

「血が残っている以上、なかったことにはできませぬ。いつ、阿国が子をなすのかわからぬのです。尊き血をつなぐ者が、市中で勝手気ままに振る舞うのを見過ごすことはできませぬ。いつか、我らのお上に大きな害悪をもたらしましょう」

「だから始末するのか。罪のない女を」

「それが役目でございますから」

「おぬしら、八瀬《やせ》の童子《どうじ》か」

十の顔がゆがむ。露骨《ろこつ》に感情が出たのは、痛いところを突いたからか。

「とんでもない。八瀬のみなさまは、お上にしか使えませぬ。我らは、もっと下賤《げせん》の者でございますよ」

「では、公家の手の者か。聞いたことがある。手を穢《けが》すことを嫌がる連中の代わりに、裏で始末をつける者たちがいると。凄《すさ》まじい剣技を持ち、人を殺すことも厭《いと》わぬと。それがおぬしたちであるか」

十はなにも言わなかった。ただ正面から信長を見ただけだ。

「けっこうだ。では、このまま話を進めていこう。おぬしらが出てきたということは、本気で阿国を始末するつもりなのだろうが、その一方で、この件を知っている者は少ないと見た。聖上《せいじょう》に話が通っているなら、それこそ八瀬の者たちが動いて、阿国を狙ったであろうからな。公家の刺客が出てきたのは、この件を知られて困る者が内々に策を講じ、勝手に刺客を送っているのではないかな」

「勝手なことを。なにも知らぬくせに」

「なら、確かめてやってもよいのだぞ」

信長は十を睨みつけた。

「見くびるな。その気になれば、いまでも朝廷の者と話はできる。そこで事の次第を、すべてあきらかにしてもよいのであるぞ」

はったりであった。いまの信長に、朝廷とのつながりはない。光秀や幽斎の手を借りても、朝廷の重要人物と会うことはできない。

だが、信長の発言を聞いて、十の表情は大きく変わった。あきらかに動揺している。

本能寺から二十五年が過ぎても、その名は重いらしい。少し脅しをかけただけで、なにかを企んでいると勘違いしてくれた。なんともありがたい話だ。

「阿国にかまうな。あやつは、自分の血筋には興味がない」

信長は声の調子を落として語りかける。

「ただ自分の芝居を見てもらい、客に喜んでもらいたいだけだ。ほかには、なにもいらぬ。よけいな手出しをして、かえって事を大きくするな」

「なにを言うか。簫《しょう》も箏もなく、踊りも稚拙《ちせつ》。あのような、雅の欠片《かけら》さえ感じられぬ芸のどこがよいのか」

「その荒々しさが、時代を切り開くのではないか。世の中が変わろうとしているとき、受け入れられるのは、その息吹《いぶき》を感じさせる芸であろうが」

戦国の世が終わり、これからは農民や町民の時代になる。

荒々しい武者は世の片隅に追いやられて、田を耕す者や小間物《こまもの》を売る者、艶《あで》やかな反物《たんもの》を生みだす者こそが、人の住む場所を支えていく。江戸の町で暮らしていれば、それがよくわかる。

阿国の芸は、彼らによって支えられていく。

かぶき踊りは、今後百年、二百年と続き、江戸の町民に深く愛されることになる。それだけの熱量を、信長は感じとっていた。

「退《ひ》け。つまらぬ争いはここで終わりだ」

「できませぬな。下知は出ており、我らはそれに従うだけ。やめよと言われぬかぎり、阿国の命は狙いましょうぞ」

「どうしてもか」

十はうなずいた。表情を見るかぎり、その意志を変えるのは難しいようだ。

信長は立ちあがった。

「ならば、来るがよい。舞台は整えてやる。決着をつけよう」

その言葉は、せまい座敷に殷々《いんいん》と響きわたった。

決断はくだした。あとは動くだけだ。

九

新橋の南に、阿国の舞台が用意されたのは、三月の十二日だった。

事前の告知はいっさいなく、当日、話を聞いた者だけが芝居を見ることができるという驚くべき趣向《しゅこう》だった。

噂が広まらぬように、町屋の普請をおこなうという理由で場所を確保し、当日になって江戸に散らばっていた一座の者がひそかに集まって、設営をおこなった。

集まった客は、およそ百名。開演は申の刻で、夕陽を浴びながらの幻想的な舞台が繰り広げられることになる。

信長は、舞台の裏から客の入りを確かめた。

「よいな。これならばいけるだろう」

「本気でやるつもりですか」

光秀が応じた。その手には、仕込み杖がある。

「むろんだ。この間、思いきり煽《あお》ってやったからな。奴らは、かならず来る」

話しあいが決裂したあと、信長はずっと阿国を隠し、その動きがつかめぬように手を打っていた。そのうえ、この芝居が終わったら江戸から去るという噂まで流しておいた。

ちなみにかくまっていた場所は、桜田門外の伊達家上屋敷だった。政宗は、光秀を通して話をすると、なんの事情を訊くことなく受け入れてくれた。

ただ、阿国とは会わず、話もしなかったらしい。

思わぬ事態に公家の刺客は焦《じ》れているはずであり、この舞台は絶好の好機である。阿国が姿を見せれば即座に狙ってくると、信長は読んでいた。

「手はずどおりに動けばよい。まあ、なんとかなるだろう」

「いいかげんな……」

光秀は呆《あき》れたようだが、信長は気にせず、舞台を離れた。

今日の舞台は全員が立ち見である。客と舞台の距離は近く、手を出せば、役者に触れることができそうだ。

刺客にとっては、絶好の条件だろう。

信長が客の後ろにまわると、鼓《つづみ》の音色が響いた。芝居がはじまる。

前回と同じく、まずは阿国の踊りからだ。かぶき者が舞台の中央で勇壮に舞う。

阿国が前に出てくるにつれて、客の熱気は高まる。

歓声があがったところで、信長は左右を見まわす。

恍惚《こうこつ》とした客を押しのけるようにして、胡桃《くるみ》色の小袖を着た男が前に出てきた。懐《ふところ》に手を入れて、阿国に迫る。

他の客とは気配がまるで違う。刺客だ。

信長が手をあげると、行く手を遮《さえぎ》るようにして、茶の着物を身にまとった男が現れた。庄司甚内である。

甚内は懐から刺客の右腕を引っ張りだして、小刀を叩き落とした。すぐに後ろにまわると、首に腕をまわして締めあげる。

一瞬で刺客は気を失った。甚内の手下が駆け寄って、その身体を抱えていく。

次いで、別の刺客が今度は舞台の左手方向から迫った。

手にしているのは吹き矢だ。おそらく毒が仕込んでいるはずであり、近づかなくとも致命傷を与えることができる。

信長が合図を送ると、今度は光秀が刺客のかたわらに現れて、さりげなく仕込み杖で足を引っかけた。

よろめいたところで、甚内の手下が現れて、左右の腕をおさえる。

動揺する刺客の首筋を、光秀が仕込み杖で思いきり叩く。

たちどころに刺客は気を失い、手下に抱えられて連れだされた。

「爺のくせに力だけはあるな。おかげで助かるわ」

いまのところ、刺客はうまく取りおさえている。光秀や甚内が先手を取って動いているおかげだ。うまくいけば、阿国が出した条件を守ることもできる。

「芝居をやっている最中、人死は避けてもらえませんかね」

今回の策を信長が示したとき、阿国はこのように申し出た。

死人が出れば、それは濁《にご》りになり、演者にも観客にも悪い影響を与える。人の喜ぶ場所を穢すのは自分の望みではないと、阿国ははっきりと語った。

信長は同意した。

かぶき踊りの舞台は、神事からは遠いが、夢の世界に観客を誘《いざな》う特殊な場であろう。

浮き世の苦しみが芝居を見ることによって浄化し、人に生きる希望を与える。この世ならざる世界を見せているからこそ、血なまぐさい現実を持ちこむのはうまくない。それぐらいのことはわかっていた。

怪我人はやむをえないと阿国は語ったが、それすらも信長は避けるつもりだった。

観客に紛《まぎ》れる刺客を、同じように紛れて捕らえる……面倒な方法を選んだのも犠牲を避けるためだった。

名古屋山三郎の霊体が舞台に現れたところで、信長は観客の間に割って入った。男が懐に抱えていた脇差《わきざし》を取りだし、抜き放った。刃は近くの商人に向く。まわりの客を刺し、混乱を引き起こしたところで、阿国を襲うつもりらしい。

となると、動いているのはひとりではない。

舞台に向かう人影を確認しつつ、信長は脇差の男に駆け寄る。

「無粋《ぶすい》な真似をするな。田舎者」

嘲《あざけ》るような言葉に、男は反応した。間合いを詰め、脇差を突きだす。

信長はそれを読んで、身体をずらし、右の脇腹で脇差をはさみこんだ。

相手が動揺するのを見て、今度は左手で鞘《さや》ごと腰から刀を抜き取り、その柄で顎《あご》を突きあげる。

相手がふらついたところで、今度は鞘の先でみぞおちを突く。

男が気を失って、その場に崩れ落ちると、甚内の手下が出てきて身体を支えた。

刺客を連れ去ったところで、脇にはさんだ脇差を手にする。

「うまくいったな、無刀《むとう》取り」

石舟斎《せきしゅうさい》に教えてもらったやり方とは、少々異なるが……。

柳生《やぎゅう》の庄に滞在していたとき、柳生石舟斎から新陰流《しんかげりゅう》の奥義を見せてもらったことがある。無刀取りもそのひとつで、石舟斎は上段からの剣戟《けんげき》を素手ではさみこみ、刃をひねって敵から奪っていた。

しかも、相手はひとりではなく、三人である。

同時に振りおろされる刀を奪う技術は、尋常のものではなかった。

信長は伝授《でんじゅ》を願ったが、石舟斎は笑って断った。その代わりに、新陰流の基礎を叩きこんでくれたのである。

爺になってからなぜこんなことを、とも思ったが、そこで培った技が江戸でこうして役に立っているのだから不思議である。

信長は左右の様子を確かめながら、舞台から離れていく。

光秀と甚内が合図をしながら、彼と同じようにさがる。かたわらには甚内の手下がおり、気を失った刺客を引っ張って、観客から引き離していた。

混乱を引き起こしたところで、同時に攻めたてる策で、狙いは悪くなかった。

だが、信長はそれに気づいており、準備を整えていた。

三人が動いたのを最後に、刺客の気配はぱたりと消えた。

阿国の舞台は淡々と進み、名古屋山三郎は消え去り、阿国は涙を流しながら舞った。

最後に全員がそろって踊ると、夢のような舞台は終わった。

観客は現世に戻り、帰るべき場所へと足を向ける。静寂が周囲を包むまで、さして時はかからなかった。

人のいない舞台の前に残ったのは、信長、光秀、甚内、阿国。そして、十だ。

阿国が舞台に立って十を見おろし、左右に甚内と光秀、そして彼の背後に立つのが信長だった。結果的に四人で、刺客の長《おさ》を包囲する格好になっている。

「手は出さなかったのだな」

信長は、引き締まった背中に声をかけた。

「おぬしなら舞台にあがり、阿国に刃を突きつけることができたであろうに」

「その前に、おぬしたちが防いだであろう。うまくやられたよ」

十は笑った。

「それに、舞台を壊したくなかった」

「………」

「客は、あの女の踊りを見て、心の底から楽しんでいた。つまらぬ浮き世を一瞬でも忘れていたことは間違いなく、人の心を支えるなにかを感じていたようだ。はるかな先までつながるという話、もしやすると本当のことなのではと思ったら、最後まで見ていたくなった」

「手を引け。もう争う必要はなかろう」

「それはできぬ。長が役目を投げだしては、示しがつかない。最後までやり通さねばな」

十は振り向いて、小刀を懐から取りだした。

「おぬしらが芝居に気を遣っていることはわかった。幕はおりたのであるから、もう遠慮はいるまい」

「お待ちください。私は……」

「よけいなことは言うな、阿国。おぬしが生きているかぎり、我は追わねばならぬ。役目というのは、そういうものであろう」

十は出し抜けに走りだし、信長との間合いを詰めた。

整った顔が目の前に来たと思ったところで、燦《きら》めきが走った。

十が小刀を投げたのである。

信長は右に避けてかわすと、長谷部を抜き、二本目の小刀が来る前に、相手の間合いに飛びこんでいた。

躊躇《ためら》うことなく胴を薙ぎはらい、十がたたらを踏んでさがったところで、上段から斬りおろす。

血飛沫を撒き散らして、十はあおむけに倒れた。

その口がわずかに動いたが、言葉にはならない。瞳の輝きが消えて、血まみれの身体から力が抜けていく。

十の命が消えてなくなるまで、信長はその身体を無言で見つめていた。

十

信長がみはしに赴いたとき、すでに光秀は縁台に座って、昼食を取っていた。おみちと話をしている姿は、好々爺《こうこうや》にしか見えない。

「腹黒《はらぐろ》爺がなにをしている。おみちを毒牙《どくが》にかけるとは、油断も隙もないな」

「昔から子どもには好かれるのですよ。ほら、お食べ」

光秀が飴《あめ》を渡すと、おみちは笑顔で受け取って、すぐに舐めはじめる。手が汚れるが、気にした様子を見せず、しゃぶりついている。

光秀が渡した飴は、紺屋町の飴売りから買った品で、水飴を熱いうちに何度も引き伸ばしてはたたむという作業を繰り返して作りあげている。硬さがこれまでと違い、甘さも強く感じられる。京橋界隈《かいわい》では評判であり、またたく間に売りきれしまうのだが、それを手に入れて子どもに与えるとは、じつに光秀らしい細《こま》やかな気遣いだ。

「そういえば、上さまは道端の子どもを泣かしておりましたな」

「ちょっと睨んだだけだ。儂は悪くない。それより、どうなった」

「話はつけました。阿国が襲われることはしばらくないかと」

光秀は京に書状を送って、京の刺客がこれ以上、乱暴狼藉《ろうぜき》を尽くさぬように手を打ったと語った。

事の次第を告げたのは、近衛信尹《このえのぶただ》と細川幽斎のふたりで、そこから関係者に話が伝わるように手はずを整えた。

近衛信尹は信長と縁の深い近衛前久《さきひさ》の息子であり、元服《げんぷく》の際には信長が加冠《かかん》の役目を務めている。内大臣、左大臣と務めたあと、一時は秀吉の怒りを買って薩《さつ》摩《ま》に逼塞《ひっそく》していたが、関ヶ原の戦いののち左大臣に復職し、最終的には関白《かんぱく》となった。京の重鎮であり、影響力は大きい。

信尹は一月、江戸に来たとき、光秀と顔を合わせていた。それもあって、話は早く進んだのであろう。

「近衛さまは今回の件、知らなかったようです。どこぞの公家が、勝手次第に振る舞ったようで。上さまの読みは当たっていましたな」

「それはありがたい」

「叱りつけると書状には記してありました。お上にもそれとなく告げると」

天皇にも話がいけば、それで終わりだ。早々に刺客は江戸から消えよう。

「そもそも、阿国の父についてはあやふやなところが多く、話を聞かされた近衛殿は、皇族は絡んでいないと見たようです。そこまで迂闊ではないだろうと。細かく調べており、話には筋が通っていました」

「はっきりしたことはわからんさ。三十年も前の話だ。事情を知っている者もかぎられる。ここで事を荒立てても、なんの意味もない」

「阿国の父が誰であってもよいと」

「そういうことだ。あやつは自分の芸だけで生きてきた。これからもそうする。それでよいのではないか」

阿国の産みだしたかぶき踊りは、日の本の津々《つつ》浦々《うらうら》まで広まるだろう。それはいつしか民の間に根づいて、新しい芸能を起こしていく。血が尊いかどうかなど、どうでもよいことだ。

憐《あわ》れなのは、京の刺客だ。彼らはおのれの役目をまっとうするために命を賭けたのであるが、それはじつのところ、一部の公家が暴走した結果に過ぎなかった。死ななくてもよい者が命を散らし、そこには哀しみを覚える。

信長は、十が死の直前、阿国の舞台について語ったときの表情を思い浮かべた。彼もかぶき踊りを楽しんでいた。つまらぬしがらみさえ背負っていなければ、もっと生きて、もっと舞台を楽しむことができた。

切なさで、信長の心は痛んだ。

光秀は横目で信長を見ると、話を続けた。

「それで、阿国はどうしました。しばらく顔を見かけませんが」

「わからぬ。もしやすると、もう江戸から立ち去ったのではないか。今度は信濃に行きたいとか申していたからな」

信長は無理して笑った。

「うるさい奴がいなくなって、清々《せいせい》するわ」

「あら、勝手に追いださないでくださいよ。私はしばらく江戸におりますよ」

やわらかい声に振り向いてみれば、阿国が腰に手をあてて立っていた。

「ここのところ浅草にいました。いいですね。あそこは、町から離れてのんびりできて。戻ってきたのは昨日です。また、このあたりをうろうろさせていただきますよ」

「踊りはやらんのか」

「少し休みますよ。いろいろと考えることができたんでね。もっとおもしろい芝居ができたら、そのときはまた舞台を開きます。それでは」

阿国は手を振って、立ち去る。

その後ろ姿を見て、信長は往時を思いだす。

阿国の母親は芸人であり、お鍋の方が気に入って、たびたび屋敷に呼び、念仏踊りを披露していた。

ある日、信長が奥向きを訪れた際、阿国の母親がおり、親しく話をした。

彼女が帰ったのは、翌日の昼である。

尊い血の人物との噂を聞いたのは、そのあとのことだ。

本当のところは誰にもわからない。阿国の母親は真相を語らなかったし、信長も聞くつもりはなかった。すべては時の彼方であり、いつしか最初からなかったかのように消える。

それでよい。人の営みとはそういうもので、だからこそ儚く、美しい。

信長は茶碗を置くと、ゆっくり立ちあがり、阿国とは逆の方向に歩きはじめた。

その頭上には、思いのほか強く輝く春の太陽があった。

第三話　追憶の日々

一

その日、信長は庄司甚内に呼ばれて、神田於玉ヶ池の畔《ほとり》にある茶屋を訪れていた。

日射しは初夏を思わせる強さで、池の畔では子どもが水に浸かって遊んでいる。南から吹きつける風も暑さを感じさせ、縁台に座っていると、首筋が熱気に包まれるようだ。

池の畔には躑躅《つつじ》の花が咲いており、通りがかりの娘がそれを見て声をあげる。靄《もや》が広がっているせいで上野方面は霞《かす》んで見えるが、それが濃厚に漂《ただよ》う春の空気を強く感じさせる。

於玉ヶ池は神田山の北に位置する池で、神田山から流れだす中小の河川が低地に流れこむ形で成立している。広さは上野不忍之池《しのばずのいけ》に匹敵する大きさで、穏やかな日には漁師が舟で出て網《あみ》を打つこともある。池の北側は湿地で、鳥が群れをなして住み着き、ときおり派手な音を立てて飛びたつ。

町からの客をあてこんで畔には茶屋も増えており、誓願寺の裏手からつながる道には、この一年で三軒の店が建っていた。大きさはさまざまで、二階建てのしっかりした屋敷もあれば、屋台のまわりに縁台を並べただけの簡素なしつらえの店もあった。

信長が呼ばれたのは高田屋《たかだや》といい、今年の一月にできたばかりの新しい店だ。藁《わら》葺《ぶ》きの平屋で、普段は店頭の縁台と座敷で客をもてなす。奥には茶室が用意されており、事前に話をしておけば亭主が茶を点《た》ててくれる。値は張るが、穏やかな時間を楽しむことができて、信長は気に入っていた。

甚内に呼ばれたのを幸いとみて、信長は光秀との約束を無視して、高田屋を訪れた。

縁台に座って於玉ヶ池を見ていると、水面が燦《きら》めき、魚が跳ねた。

二度、三度とそれは続き、波紋がまるで示しあわせたかのように美しく広がっていく。

小鳥が魚を狙《ねら》っておりてきたが、魚にかわされたのか、なにもくわえることなく去っていく。小さな鳴き声が響いたのは、悔しいと思ったからであろうか。

春の穏やかな空気が周囲を包みこみ、信長の心はひさびさに安らぎを得た。

「よい風ですね。暑くもなく、寒くもなくで」

やわらかい声が背後から響いた。

先刻から気配が近づいていることはわかっていたが、不穏ではなかったので放っておいた。むしろ、その空気には懐《なつ》かしさすら覚えた。

信長は静かに答えた。

「そうだな。だが、気を抜くと眠くなって困る。いまも、もう少しで落ちるところだった」

「昔は、よく居眠りしておりましたね。我が家の遠縁で」

「あそこは日当たりがよくてな。城から抜けだして、ひと休みするにはちょうどよかった」

「おかげで、私たちはさんざんに叱られましたよ。平手《ひらて》さまから」

「儂もそうだ。数えきれぬくらい叱られたので、爺がいなくとも、あの声が頭の片隅《かたすみ》に残っていた。消えるまでには、ずいぶんと時を要した」

信長は座ったまま振り返った。

「ひさしぶりだな。まつ」

「おひさしぶりです。上さま」

視線の先には尼《あま》が立っていた。黒の袈裟《けさ》に白い頭巾《ずきん》という格好で、右手に小さな袋を持っている。

整った顔立ちは昔と変わらない。皺《しわ》があるのに、幼子《おさなご》と見間違えそうな童顔で、口元に浮かぶ笑みにも邪気《じゃき》がない。春そのものを感じさせる穏やかさだ。

尼は静かに頭をさげた。

「いまは落髪して、芳春院《ほうしゅういん》と申します」

「儂にとっては、ずっとまつだ」

信長は力強く言いきった。

「おぬしの亭主が、前田又左衛門《またざえもん》であるのと同じようにな。名前は変わっても、中味は変わらんよ」

「その言いまわし、前と同じですね。上さま」

前田又左衛門利家《としいえ》の妻であり、加賀《かが》百万石を徳川の暴虐《ぼうぎゃく》から守った女。

芳春院……かつてはまつと名乗っていた女は、静かに信長に歩み寄ってきた。

ふたりが座敷に入ったのは、それから四半刻が過ぎてからだった。

すでに話は通っており、信長が茶を飲みたいと告げると、於玉ヶ池が見える一角に案内された。

「これ、京の茶ですね。よく飲んでいたからわかります」

「であるな。馴染《なじ》み深い」

「よくここまで保《も》たせたものです。茶は運ぶのが難しいのに」

まつは茶をすする。見ていると、そのまま風景に溶けこんでしまいそうな儚《はかな》さだった。

思わず、信長は訊ねた。

「おぬし、いくつになった」

「まあ、女に年を尋ねるものではありませんよ。すっかりおばあちゃんです」

「又左が死んでから、どのくらい経つ」

「八年です。太閤さまが亡くなってからすぐでしたから」

「そうか」

「こうしてお目にかかれるとは思いませんでした。まさか生きていようとは」

「儂もだ。安土《あづち》で会ったのが最後だったな。ずいぶんと時が経った」

まつは、織田家の家臣、篠原一計《しのはらかずえ》の娘であり、その死後は親戚の前田利昌《としまさ》に養われて育った。住処が近かったせいか、城下で顔を合わせることも多く、気さくに話をする間柄だった。

まつが前田又左衛門利家と結婚すると、さらに親しく付き合うようになり、利家の家で夜遅くまで話をすることもあった。

利家の死後は芳春院を号して、その菩提《ぼだい》を弔《とむら》っていたが、慶長五年、前田家が謀叛の疑いをかけられるとみずから江戸に入り、いまは人質として暮らしている。

徳川家は前田家討伐に執念を燃やしていたが、まつの行動で回避されてしまい、結局、上杉攻めをきっかけに天下分け目の戦いを引き起こすという策を取らざるをえなかった。

彼女の行為は、見事に家を救ったと言えよう。

江戸に移ってからのまつは、前田家の屋敷で穏やかに過ごしていると聞かされていた。昨年、細川忠興と会ったときに様子は聞いていたが、直に顔を合わせる気にはなれなかった。

あまりにも思いが深くて、せっかく造った仮面が崩れるように思えたからだ。

五十年が過ぎたいまでも、尾張での日々は色濃く脳裏《のうり》に残っている。

「殿が知れば、さぞ喜んだでしょうに」

まつは淡々と語った。

「上さまが死んだと聞かされても、なかなか信じようとしませんでしたから。どこかに身を隠して助けを待っているはずだと申して、手勢を送りだしたぐらいです。本能寺の争いがあってから、ひと月以上、経っていたのに」

「又左には悪いことをしたな」

前田又左衛門利家は、若いころから信長に従ってきた股肱《ここう》の臣であった。

尾張統一戦で戦功をあげて、その名が家中に知られるようになった。

一時、家臣と諍《いさか》いを起こして、織田家から放逐《ほうちく》されていたが、帰参すると、金《かね》ケ《が》崎《さき》の戦い、姉川《あねがわ》の戦いで戦功をあげ、長島一向衆との戦い、畿内での戦いで活躍した。

柴田《しばた》勝家《かついえ》の与力となってからは、越前、加賀の戦いで戦功をあげ、ついには能《の》登《と》一国を与えられた。

若いころは乱暴者で、なにかと騒動を起こしてばかりだったが、嘘をつかず、何事もやり通そうとする振る舞いを信長は気に入っていた。

放逐したにもかかわらずあえて呼び戻したのも、その愛くるしさを無視できなかったからだ。

本能寺の変がなく、あのまま信長が日の本を統一していたら、いまの加賀百万石とは比べものにならないほどの知行《ちぎょう》を手にしていただろう。

「名乗り出ようにも怪我をしていて、三年はどうすることもできなかった。ようやく京に出れば、猿が天下を治めて、うまくやっていた。そこで儂が顔を出してもしかたあるまい。なにより、馬鹿馬鹿しくなっていたしな」

懸命に結果を積みあげても、死ねばそれで終わりだ。あの世から現世は、支配できない。

信長が消えても、世の中は何事もなかったかのようにまわり、いつしか別の者が采配《さいはい》を振るう。それを見て虚《むな》しくなり、姿を見せるのはやめた。

「騒ぎになるのは嫌だった。勝手気ままに生き、勝手気ままに死ねばそれでいいと思っていた。まさか、又左より長生きするとは、思いもよらなかった」

「私もです。殿より早く死んであたりまえと思っていました。泣きながら、私に抱きつく光景を思い描いていたのに、逆でしたから」

まつは於玉ヶ池を見つめた。その瞳は優しい。

「よかったですね、あのころは」

「そうだな」

信長の脳裏に、若きころの家臣が思い浮かぶ。

前田利家、木下藤吉郎《きのしたとうきちろう》、佐々成政《さっさなりまさ》、河尻秀隆《かわじりひでたか》、毛利《もうり》秀頼《ひでより》、蜂屋頼隆《はちやよりたか》と、あげればきりがない。

記憶のなかの彼らは、みな笑顔だ。屈託《くったく》のない表情で、信長に駆け寄ってくる。

彼らを率《ひき》いて、信長は山谷を駆けめぐった。

尾張、ついで美濃、近江、山城と。

どこにいるときにも彼らは一緒で、最後まで行動をともにしてくれると信じて疑わなかった。

すべてが輝いていた。あのころの思い出は、時が経っても美しいままだ。

笑顔の若者たちを懸命に振り払って、信長は口を開いた。

「儂を呼びだしたのは、おぬしか。庄司甚内を使って」

「さようです。庄司さまとは付き合いがありまして。先日、お目にかかったとき、おもしろい老武士がいるという話を聞きました。その振る舞いについて、もしやと思い、調べさせたところ、上さまではないかと思うようになりました。気になって、天海さまに話を聞きましたところ、間違いないとのことでしたので、今日、ここに来ていただきました」

「十兵衛め。存外、口が軽い」

信長が顔をしかめると、まつは笑った。

「私は話ができて、嬉しく思っていますよ」

「そのためだけに、儂を呼んだのか。わざわざ手間をかけて」

「いいえ。庄司さまから、上さまがおもしろいことをなさっていると聞かされまして、ぜひとも手を貸してほしいと思ったのです。たわいもない揉め事に巻きこまれておりまして」

まつは姿勢を正して、信長を見やった。

「上さまには、争いの仲介をしていただきたいのです。ぜひとも」

思わぬ話に、信長は目を細めた。いったい、なんのことなのか。

顎《あご》をしゃくって先を続けるようにうながすと、まつは笑って口を開いた。

二

その日、信長は竹町の屋敷を出ると、日本橋方面に足を向けた。大通りを北にあがり、日本橋を渡って少し行ったところを、左に曲がる。

道をはさんで、大きな商家が何軒も並んでいる。丁稚《でっち》や小僧がさかんに出入りして使いにいく一方で、行商人が仕入れのために店へ入っていく。

主人とおぼしき恰幅《かっぷく》のよい男が、供の者を連れて、神田方面に向かう姿も見てとれる。

日本橋の北側は江戸屈指の繁華街であり、全国各地の商家が集まって、鎬《しのぎ》を削《けず》っている。信長が足を踏み入れたのは品川町であるが、表店《おもてだな》に建ち並ぶのは名の知られた店ばかりだ。

伏見の呉服屋が建てた出店《でみせ》もあり、町は活気に満ちていた。

信長の目的地は、小田原町にある商家だった。

堂々と正面から訪ねると番頭に疑いの目を向けられたが、話は通っており、信長が小田川三郎《おだがわさぶろう》という偽名を告げると、すぐに奥へと案内された。

「わざわざお越しいただき、ありがとうございます。本来ならば、こちらが出向かねばならぬところですが、些事《さじ》に振りまわされているありさまでして」

「かまわんさ。うちはせまく、大店《おおだな》の商人をもてなすには向いていない。ずうずうしく顔を出させてもらったが、それでよかったと思っている」

「そう言っていただけると、助かります」

加賀屋《かがや》の主《あるじ》、次郎左衛門《じろうざえもん》は、頭をさげた。まつから話をしてもらったこともあり、振る舞いは丁寧《ていねい》だった。

次郎左衛門は金沢生まれで、その名のとおり次男である。父親の代から小間物《こまもの》を手伝ってきたが、店は長子が継ぐことが決まっており、次郎左衛門が商いをするのであれば、みずからの店を立てるしかなかった。

思いきって江戸に出てきたのは、関ヶ原の戦いがはじまる前の文禄二年であり、当時は江戸前島《えどまえじま》と呼ばれていた海沿いの一角に店を用意した。

その後、江戸が発展すると、日本橋の北側に店を移し、越前や加賀の漆細工《うるしざいく》を積極的に売りはじめた。前田家が後押ししてくれたこともあり、芸州《げいしゅう》福島家や播州《ばんしゅう》池田家のような大名にも出入りを許されている。

この三年で急速に身代《しんだい》を伸ばしており、いまでは日本橋界隈《かいわい》では名の知れた店になっていた。

　店主の次郎左衛門は三十代なかばで、穏やかな人柄でよく知られていた。商家同士が揉めると仲裁に入ることも多いらしく、甚内も世話になったことがあると語っていた。

「さて、まつ……いや、芳春院さまから話は聞いた。なんでも、他の商人に絡《から》まれて、迷惑しているとか」

「さようでございます。言いがかりにもほどがある、といったところでして」

　事の発端は、加賀屋懇意《こんい》の商人が馬喰町《ばくろちょう》の宿に泊まった際、妙な横槍《よこやり》を入れられたことだと次郎左衛門は語った。

「その方は宿に事前に話をして、二泊することが決まっていたのですが、あとから来た商人が割って入り、無理に自分を泊めるように申し出たのです。空きがないということで、宿は断りましたが、それでも折れず勝手にあがりこんで、先に寝床を確保してしまいました。知り合いの商人は驚きましたが、とにかく半分でもよいから使わせてくれと言い、その日は相宿《あいやど》となりました。ただ、さんざんに文句を言われたらしく、大変だったようで」

「つまらぬ相手にぶつかったな」

「それだけならば、よかったのですが……」

文句をつけた商人は、鍛治町の小間物問屋、近江屋《おうみや》にかかわりのある者で、事の次第を近江屋に告げた。すると、早々に番頭が乗りだしてきて、加賀屋に文句を言いにきたという。

次郎左衛門は驚いた。なぜ、近江屋が直にかかわりのない加賀屋を咎《とが》めるのか、まったくわからなかったのである。

全貌が見えてきたのは、それから十日ほど経ってからだった。

「妙な噂が流れるようになりました。加賀屋が横槍を入れて宿から人を追いだしたとか、追いだした者が泊まれぬように手を尽くしたとか、とにかく支離滅裂《しりめつれつ》な話ばかりでして。そのうち、商いのことでも嫌な噂が流れるようになりました」

「どのようなことだ」

「勝手に大名屋敷に乗りこみ、他の商人を追いだしているとか、加賀屋の品物を買ってもらうために、金をばら撒いているとか」

「なるほど、それは質《たち》が悪い」

信長は腕を組んだ。

「仕掛けたのは、近江屋か」

「はい。手代《てだい》が噂をばら撒いておりました。それは確かめてあります」

「なぜ、そこまでするのか。いったい、奴らになんの得が……」

そこで、信長の脳裏に閃《ひらめ》きが走った。

「そうか。近江屋の狙いは、おぬしらを蹴落として、前田家に食いこむことか」

「おそらくは……」

次郎左衛門は吐息をついた。

「近江屋は、三年前に近江から出てきた小間物問屋で、井伊家に出入りして、商いを伸ばしておりました。荒っぽいことで知られておりまして、あちこちで騒動を起こしております。先日は、蠟燭町の小間物屋で喧嘩沙汰も起こすありさまでして」

「おう、あれか」

その小間物屋はみはしのすぐ近くで、信長も騒動を目撃していた。

難癖をつけた手代と小僧に、店の者が反論して殴りあいとなり、双方に怪我人が出た。手代が短刀を取りだそうとしたところで、みはしのおとみが割って入り、争いを強引におさめたのである。

「たしかに荒っぽい連中であったな」

「うちの者も何人か襲われて、怪我をしております。ただ、近江屋の仕業《しわざ》という証しはございませんが」

「厄介《やっかい》だな。それで、前田家はどう考えておる」

「芳春院さまの口添えもありましたので、出入りはこれまでと変わりありません。ただ、噂を気にしている者は多く、先々のことを考えて手を打っておくべきではという声もあがっております。要するに、近江屋を入れて、様子を見てはということでしょうな」

「手はまわっているということか。端《はな》から狙われていたな」

馬喰町で難癖《なんくせ》をつけたのも、偶然ではあるまい。加賀屋にかかわりのある者と知って、横槍を入れてきた。

前から準備していて、まんまと加賀屋は相手の策にはまってしまった。

「私どもとしては、騒動を起こすつもりはありません。これまでどおり、商いができれば、それでよいのです」

「そうは言っても、向こうがその気だから面倒だぞ。金でなんとかなるのならば打つ手もあるが、そういう類《たぐい》のものではなかろう」

「正直、手を焼いております」

信長は次郎左衛門と解決策を話しあったが、決定的な策を見出すことはできなかった。とにかく相手が引いてくれなければ、手の打ちようがない。

「一度、近江屋と話をしないとな」

「それをお願いしたいのです」

次郎左衛門は頭をさげた。

「よろしくお願いします。私どもでは手の打ちようがなく。お武家さまに入っていただくよりありません」

「いや、そうは言っても……」

信長は困惑した。事の次第を聞いただけで割って入ってよいのかどうか。

「お願いします。ほかに手はないのです」

ふたたび次郎左衛門は、深く頭をさげた。

実直という評判はたしかなようで、思わぬ騒動に困惑しているのが見てとれた。

新開地の江戸で商いを広げていくには気弱であるように思えるが、人のつながりを大事にし、手堅く商売を進めていくのも正しいやり方だった。

無理な商いは、いずれ破綻《はたん》する。

困惑しながらも、信長は次郎左衛門と話を続けた。話は、いつしか、まつのことになった。

「芳春院さまには、本当に世話になっております。江戸で商いができるようになったのも、なにかと面倒を見てくれたおかげなのです」

次郎左衛門は、勢いこんで江戸に来たものの、伝手《つて》もなく、商いのやり方もよくわからずで、物が売れない日々が続いていた。本家は開業資金を出してくれただけで、その後の支援はまったくなかった。

半年にわたって苦境が続き、最悪の事態を頭に思い描くようになったころ、声をかけてくれたのがまつだった。母方の実家が前田家とつながりがあり、その縁で次郎左衛門は江戸に出てきた際に、まつに挨拶をしていた。

ある物を仕入れることを条件に、まつは前田家上屋敷への出入りを許し、自分でも多くの小間物を買った。さらに、知り合いの商家を紹介して、余裕のある町民とのつながりも作ってくれた。花見の会を開いたときには、客に加賀屋の商品を紹介してくれて、それが商いのきっかけとなったこともあった。

「あやつらしいな」

信長は、次郎左衛門に聞こえぬようにつぶやく。

若いころから、まつは細かい気配りができた。利家の嫁として家をまとめながらも、知り合いの女房にもよく声をかけて、家中で争い事が起きないように気にかけていた。

とくに世話になったのが秀吉で、嫁の寧々《ねね》と夫婦喧嘩を起こしたときには、よく仲裁に入ってもらっていた。女遊びが過ぎると、秀吉の家に乗りこみ、妻の寧々が怒るよりも早く叱りつけ、諍《いさか》いのもとを断つこともあった。生活が苦しいときには、金の工面《くめん》もしたようだ。

秀吉が手柄を立て、家中で目をつけられるようになると、利家と仲のよいところをうまく宣伝して、よけいな手出しをされぬように手を打った。

利家が本能寺のあとも生き残り、加賀、能登を手にできたのも、まつの助けがあってのことだ。賢いというだけでは片づけられない、なにかを持っていた。

「それで、仕入れてほしいと言ったものは、なんなのだ」

「それは、こちらでして」

次郎左衛門はかたわらの蒔絵《まきえ》手箱《てばこ》を手に取ると、開いて信長に見せた。

「こ、これは……」

信長は驚いた。まさか、こんなものを。

「同じ形にしてくれと、念を押されました。輪島《わじま》の海岸でよく採れます。私どもも、選び抜いた品を芳春院さまに渡しております」

いまだに、こんなものを探しているのか。なんて馬鹿なことを。

いつまで昔のことにこだわるのか。

信長は天井を見あげた。小さく息を吸って、こみあげる感情をおさえると、あらためて次郎左衛門を見つめた。

「話はわかった。できるだけのことはしてみよう」

これは放っておけなかった。とにかく、対処してみるしかなかった。

三

「それは、申しわけなかったと思っております。手前どもといたしましても」

近江屋の主《あるじ》、徳三《とくぞう》は顔を真っ赤にしてまくし立てた。信長が身体を引くほどの激しさである。

「お得意先が江戸に来たのは、向こうの申し出よりも一日早かったので、こちらが用意した宿は使うことができなかったのです。それで、馬喰町の馴染みに話を持っていったのですが、取りつくしまもなく断られまして。いや、それはやむをえないことなのかもしれませんが、門前払《もんぜんばら》いというのは、やりすぎではございませぬか。だから腹が立って、無理に泊まらせてもらいました。もちろん宿代は、割り増しで払いましたよ」

徳三は立て続けに語った。興奮したままで、目は充血している。

自分のことしか頭にないのか。

加賀屋で話をした翌日、信長は鍛冶町の近江屋を訪れた。誓願寺の近くに建つ新しい店で、一年前に移転したとのことだった。大きな店構えを見ても、羽振りがよいことが見てとれる。

徳三は恰幅のよい男で、大声でしゃべると腹の肉が揺れるほどだった。顔の肉づきもよくて、頬《ほお》の肉はたるんで見える。口も目も大きく、さながら蛙《かえる》のようであった。

瞳の輝きも強く、前に座っているだけで、強い圧力を感じる。

奥座敷に通されて顔を合わせたときから、さんざんにまくし立ててくるだろうと思っていたが、予想どおりの語りであった。

「なんでも文句をつけてきたのは、加賀屋の手代って話じゃないですか。店は近くなのだから、うまく工夫すればよいものを、嫌味たらしくこちらの邪魔をして。

さすがに我慢できませんでしたよ」

「それで、悪い噂をばら撒いたのか」

ようやく信長は割って入った。無理をして口出ししなければ、止まらない。

「好き勝手にやったようだな」

「違いますよ。起きたことを語っただけで、よけいなことは言っちゃいません。まあ、少しおおげさであったことは認めますがね、それでも仕掛けてきたのは向こうですから、こっちはなにも悪くありませんよ」

「店の者を襲ったという話も出ているが」

「やっていませんよ。言いがかりもたいがいにしていただきたい」

徳三は言いきった。その頬が大きく揺れる。

「前田家に食いこむために、加賀屋が邪魔だったのではないか。だから、噂をばら撒いて、商いを邪魔しようとしたのではないか」

「とんでもございません。前田家の方々とは、よい付き合いをさせてもらっています。加賀屋など、気にしてはおりませぬ」

徳三は、鼻を鳴らした。傲岸不遜《ごうがんふそん》な振る舞いがいっそ清々《すがすが》しい。

これは手強い相手だ。さて、どこから手をつけたものか。

信長が迷っている間にも、徳三は話を続けた。

「そりゃあね、私どもの商いが安っぽいことは承知しておりますよ。大津《おおつ》で小間物問屋をはじめて三十年。ようやく京の職人とのつながりができて、そこそこの品物が手に入るようになりましたが、名の知れた店に比べれば、質はいささか落ちます。漆《うるし》の塗りにしても、程度はよろしくありません」

「であるか」

「それでも、安く、しかも速く、西国から品物を持ってきて、江戸のお客さまにお届けしています。多少、無茶《むちゃ》を言われても、やらせてもらいますよ。手際のよさだったら、江戸一と自負しております」

徳三の言うとおり、近江屋の商いは早いことで有名だった。

注文して、品物が蔵にあれば、翌日には届ける。なければ、大津の本家に連絡して、できるだけ早く江戸に届けてもらうように手を尽くす。

やると言ったらかならずやってのけるのが近江屋の商いであり、その点に関する信頼は高かった。

一方で、品物を手に入れるため、強引な手段を使っていることもまたたしかで、江戸に入ってきた小間物を横から奪い取ったり、船便を使うときに他店の品物をおろして、強引に近江屋の荷物を積んだりした。

安値で買い叩くこともあり、恨んでいる職人も多いらしい。

「じつは手前の父は、武家でしてね。戦に敗れて主を失い、商人に転じました」

「ほう。どこの家中だった」

「六角《ろっかく》家です。お武家さまはお年ですから、ご存じかもしれませんね」

「よく知っているよ」

六角家とは……これも奇縁であろうか。

永禄十一年、信長は将軍義昭《よしあき》を奉《ほう》じて京を目指したが、その際、立ちはだかったのが、近江の六角承禎《じょうてい》、義治《よしはる》の親子だった。

信長は兵をそろえて万全の態勢で挑み、またたく間に六角勢を打ち破った。とりわけ秀吉の手並みは見事で、要衝《ようしょう》の近江箕作城《みつくりじょう》をわずか一日で落として、西進に弾《はず》みをつけた。

六角承禎は難攻不落の観音寺城《かんのんじじょう》に立てこもるつもりだったが、周辺の城があっけなく陥落したこともあって、城兵を見捨てて、甲賀《こうが》へ落ちのびた。

その後、甲賀にこもって抵抗を試みたが、大勢をくつがえすことはできず、次第に名前を聞くこともなくなった。いまでは豊臣家に一族の者が仕えているというが、事実かどうかはわからない。

信長が打ち破った者の末裔《まつえい》が、目の前に座っている。不思議なものである。

「父は苦労して、商人として身を立てました。もとは武家ですから、うまくいかないこともありましてね。かつての同僚に、卑怯者と罵《のの》しられ、涙を流したこともありました。それでもなんとか身を立て、大津で名を知られるようになりました。もう少し生きていれば、江戸に出て、手前どもと一緒に商いをしてくれたと思いますが、残念です」

徳三は力強く言いきった。そこには、商人としての自負がある。

武家から商人への転身は、徳三自身が語ったように簡単ではない。頭のさげ方ひとつを取っても大きく違う。目算《もくさん》を誤《あやま》って大きな損を出せば路頭《ろとう》に迷うわけで、商いのための眼力を養うだけでも大変な労力を必要とする。

徳三の父はそれをやり遂げたし、徳三自身も苦労して、ここまで成りあがってきたのであろう。

近江屋の商いは強引で、徳三も吝嗇《けち》ではあるが、一方で契約を結んだら、途中で違《たが》えることはなく、値切りもいっさいしない。できないことはできないと言い、武家相手でも一歩も引かない強気な態度を取っている。

甚内はそのように語っていたし、他の商家も同様の言葉を並べた。彼らの声には、賞賛の響きすら感じられた。

商いは汚くとも筋は通っているわけで、一概《いちがい》に否定はできない。荒々しい江戸で道を切り開いていくのなら、なおさらだろう。

「お武家さまは、加賀屋に頼まれて、話をしにきたのですよね。前田家との方ともお知り合いですか」

「まあな」

話のきっかけを作ったのはまつで、彼女に頼まれなければ徳三と会うことはなかった。

「でしたら、前田家との間を取り持っていただけないでしょうか」

徳三はいきなり頭をさげた。

「決して、お武家さまにも前田家にも損はさせませぬ。加賀屋の件、やりすぎということでしたら、手前どもが話をつけにいってもよろしゅうございます。ですから、なにとぞ」

徳三は堂々と語った。

言いまわしは下品であったし、媚《こ》びていることはあきらかだったが、信長は断る気にはなれなかった。

徳三が本気で前田家とのつながりを求めており、互いの得になるように商いを進めていくことが見えていたからである。

大きく息をつくと、信長は徳三に語りかけた。

四

話を聞いて、光秀は小さくうなずいた。

「なるほど。それで無下《むげ》に断ることはなく、話を持ち帰ったと」

「あの場で決めるのは、いささか早計に思えたのでな。とはいっても、とくに打つ手があるわけではないが」

信長はあぐらをかくと、徳利《とっくり》を手に取って、そのまま口につけた。酒をあおるつもりだったが、中味はほとんどなく、わずかに舌を湿《しめ》らせただけだった。

「しかたないな。十兵衛、買ってきてくれ」

「坊主に、酒を買ってこいと言いますか。ひどい話ですな」

「生臭《なまぐさ》のくせによく言うわ。おぬしの頭は血なまぐさいことでいっぱいであろうに。秀吉の小せがれをつぶす策でも考えてな」

「それはなんとも。決めるのは大御所さまで」

「したり顔はよせ。ほら、とにかく買ってこい」

信長が手を振ると、何事かつぶやきながらも光秀は座敷を出ていった。酒の入った徳利を持ってくるまで、たいして時はかからなかった。

「人使いの荒いことで。そんなことでは寝首《ねくび》をかかれますぞ」

「かいた本人が言うか。皮肉が効きすぎだ」

信長は盃に酒をそそいで、あおった。

あまりうまくはない。頭を使っているせいであろうか。

「それにしても、上さまが商家の争いにかかわるとは。いかに芳春院さまに頼まれたとはいえ、妙なことに手を出しましたな」

「話を持ってきたのが、まつでなければやらなかったさ」

「芳春院さまが動いたことが大事であったと」

「勘のよい女だからな」

これまで生死がわからなかったとはいえ、まったく親交の途絶えていた信長をいきなり呼びだし、加賀屋の件を頼みこんでくるのは不自然である。

生きていたことがわかれば、まずは久闊《きゅうかつ》を叙《じょ》し、積もり積もった昔の話をするのが妥当《だとう》であろう。思い出を語りあうことで、信長との関係がよみがえり、昔のような付き合いになる。

それをわかっているはずのまつが、昔話をほとんどすることなく、頼み事をしてきた。なにかあると思うのが当然であった。

「近江屋が井伊家とつながりがあるのが気になった。井伊家は、徳川家を支える大名。関ヶ原の戦いで功をあげ、近江の地を得たと聞く」

井伊家は古くは今川家に仕えていたが、その没落後は家康に仕え、当主だった井伊直政《なおまさ》は高天神城《たかてんじんじょう》の戦いをはじめ、多くの戦いで戦功をあげた。関ヶ原の戦いでは先陣を切って西軍に仕掛け、島津《しまづ》家の猛将、島津豊久《とよひさ》を討ち取るという武勲もあげた。

慶長七年、直政は亡くなり、嫡男の直勝《なおかつ》が跡を継いだ。

「前田家の知行は百万石を超えており、無視することができぬ大きさだ。できることならば早々に取り潰したい。だからこそ、関ヶ原の前に難癖をつけて討伐《とうばつ》しようとしたし、その後もつまらぬちょっかいを出し続けている。そのあたりに、まつもなにか感じとったのであろう」

「将軍家が動く前に、手を打っておきたいということですか」

「まつはそう考えた。話していて、それはよくわかったよ」

信長は盃を手にしたが、酒は飲まずに軽く首を振って、視線を転じる。

霞に覆われた江戸の海が目の前に広がる。穏やかな海面には漁師の舟が並び、それぞれが網を打って、魚を捕っている。

春の魚が市中に出まわっているのは、彼らの仕事が順調に進んでいるからだろう。みはしでも、おとみが煮魚を出して、職人から喜ばれている。

潮風が座敷に吹きこむ。鼻をつく潮の香りが、なんとも心地よい。

「儂が生きているとわかって、まつは周辺を調べたはずだ。そのときに、おぬしとの付き合いがあるとわかった。天海の名は有名だからな、うまくその力も使おうと思ったのであろう。だから、儂に話を持ちかけてきた」

「必死ですな」

「残したいのであろう。又左が作りあげた家を」

加賀百万石は、利家が残した、かけがえのない作品だ。ともに歩み、その苦労を知っている者としては、できるかぎり長く保《たも》ちたいと思って当然であろう。

「あのふたりは仲がよかったからな」

若き日の利家とまつの顔が脳裏をよぎる。思い浮かぶのは、やはり笑顔だった。

「それで、どうなのですか。裏はありそうなのですか」

光秀の問いに、信長は首を振って応じた。

「なさそうだな。単なる商家の争いらしい。近江屋は井伊家に出入りしているが、重臣と会って話ができるほどの間柄ではない。江戸ではいいように使われていて、なにかと苦労しているように見える」

「大御所さまは、いま駿府《すんぷ》のことで忙しいですから、前田家にかまっている余裕はないかと」

三月から家康は全国の大名を動かし、駿府城の修繕を開始した。夏には移り住むようで、普請は驚くほどの速さで進んでいる。

場所を考えれば、単なる隠居所でないことはあきらかで、家康の西国工作はこの先、さらに活発になると考えられた。

「井伊家は、主君が若いこともあって、諍《いさか》いが目立ちます。たとえ後ろ盾があったとしても、前田家とやりあうゆとりはないでしょう」

「まつの考えすぎだな。これで裏を気にすることなく、堂々と間を取り持つことができる」

信長がいままで様子を見ていたのは、前田家取り潰しの陰謀を怖れてのことだった。手を出して騒動が大きくなるのを、幕府が待っていることもありえた。

「阿国のこともあったからな。迂闊《うかつ》に手を出したくはなかった」

「上さまにしては、気を遣いましたな。では、ひとつ、おもしろい話をいたしましょう」

光秀は静かに語った。たしかにそれは、興味深い内容だった。

「使えるな。こちらにまわせるか」

「手配しましょう。甚内の手を借りれば、さらにうまくできるかと」

「よし。よろしく頼む。まつには、こちらから話をしておく」

信長は光秀と、今後の方針を話しあった。おおよそ形になったのは、二刻が過ぎてからで、座敷に差しこむ日射しは傾《かたむ》いていた。

視界の先に広がる海も景観を大きく変え、美しく輝いていた水面は、灰色に染まっていた。

ふと脳裏で、弾けるような声がよみがえった。鮮明で、思わず信長が気を奪われたほどだ。

「どうしましたか」

光秀に問われて、信長は肩をすくめて答えた。

「昔のことを思いだした。五十年、いやもっと前のことだ」

信長はあぐらを組み直した。

「おぬし、若いころはどうだった。楽しかったか」

「どうですかな。明智家は貧しく、若いころは畑で働いておりました。斎藤《さいとう》家に仕えるようになってからも、たいして変わらずでして。越前に追放されてからは、その日を凌《しの》ぐだけで精一杯でございましたから、楽しいと思うことはあまりありませんでしたな」

「儂は楽しかった。家督を継ぐ前が、とくにな。さんざん尾張の地で遊びまくったわ」

十代のころの信長は、尾張のうつけ者と呼ばれるほどの暴れん坊だった。

同世代の若武者を引き連れ、さんざん馬で駆けまわり、合戦まがいの大喧嘩《おおげんか》を繰り広げた。相手が武家であっても、町民であっても変わりなく、気に入らない相手がいれば正面から仕掛けて、殴りあいに持ちこんだ。

国境を越えて三河《みかわ》の地で暴れたこともあり、そのときには今川家の侍が出てきて、大騒ぎになった。

彼と行動をともにしたのは、前田利家、佐々成政、毛利良勝《よしかつ》、福富秀勝《ふくずみひでかつ》らで、泥だらけになって暴れまわった。みなでなにかをすることが楽しく、騒ぎになっても気にしなかった。

「女遊びもした。騒ぎを起こして、元締めに殴り飛ばされたこともあった」

「それも楽しかったのでしょう」

「身分を知っていたのに、ただの若造扱いしてくれた。それが心地よかったよ」

羽目《はめ》を外して遊びまわっていたころが、信長にとって、もっとも楽しい時期だった。

おそらく、一緒に暴れた若武者たちも同じだったはずだ。年を取ってから、ふと往時を思いだして、利家や成政と笑ったこともある。

あのころは、本気だった。この仲間とならば、天下も取れると考えていた。

「家督を継いで、美濃に攻めこむあたりまでは、その続きであったように思える。いつからかな……やることなすこと、おもしろくなくなったのは」

「畿内を攻めているときは、楽しげでしたが」

「どうだろうな。浅井《あさい》、朝倉《あさくら》とやりあっていたころには、しんどくなっていた」

若いころのように好き勝手はできず、敵を滅ぼし、領土を拡張しても、息が詰まった。

長篠《ながしの》で武田を撃破し、毛利や上杉を相手に有利に戦いを進めることができるようになっても、ひたすら苦しい日々が続いた。

「本能寺の前が、もっともつらかったな。なにをしているのか、自分でもわからなかった」

「それは私も同じです。朝に目が覚めてもすっきりせず、陰鬱《いんうつ》な日々が続いていました」

「家臣とのつながりも切れてしまって、みながなにを考えているのか、わからなくなった」

当時の織田家は大きくなりすぎて、家臣と語りあう機会はほとんどなかった。ろくに利家と最後に話したのはいつであったか。家康を饗応したときですら、遠い存在となった。

顔を合わせなかったように思える。佐々成政も毛利良勝も、遠い存在となった。

信長は孤独だった。森蘭丸《もりらんまる》のような若い側近に、その穴を埋めあわせることはできなかった。

結局、本能寺ですべてを失い、流浪の果てに、この江戸の地に流れ着いた。

だからこそ、あらためて思う。

あのころは幸福だったと。すべてが輝いていたと。

恥ずかしい振る舞いも数多くしたが、それもまた美しい思い出のひとつだと言うことができる。

「つまらぬことを言った。過去に縛られるのは、うまくないのであるがな」

信長は立ちあがった。

「どちらへ」

「元凶と会う。いろいろと話すこともあるのでな」

五

信長が於玉ヶ池の畔を訪れたのは、日が暮れてからだった。

周囲は朱色の輝きに満たされて、池の水面ですら赤く染まっていた。

吹きつける風が小さな波を引き起こすと、池の片隅に留《とど》まっていた鴨《かも》が高く舞いあがる。煽《あお》られたかのような勢いで、いつしか空の彼方に消えた。

大きな雲の塊《かたまり》が南から流れてきて、頭上を覆《おお》う。それは地平線の彼方まで続いており、途切れる様子はない。もしかしたら、明日は雨になるかもしれない。

信長が茶をすすっていると、尼僧がゆるやかに座敷にあがってきた。夕陽がその顔に、深い陰影を刻みこむ。

「陽が沈むのが早いですね。春だと言うのに」

「早く感じるのは、年を取ったからだろう。儂もそう思うようになった」

「そういえば、子どものころは、いつまで経っても空が青かったですね」

「同じように日は暮れていた。違うのは心持ちだろう」

「そうかもしれませんね」

まつは信長の前に腰をおろした。あいかわらず、その表情には邪気はない。

「茶を飲むか」

「いいえ。今日は早く帰りたいのです。家の者がここのところ、心配しておりまして」

「そうか。では、話を先にしよう」

信長が加賀屋と近江屋の騒動について語ると、まつはなにも言わずに聞いていた。

最後にひとつうなずいたのは、信長の話に納得したからであろう。

「裏で糸を引いている者はいないので、安心してよい」

「私が浅はかだったようですね。つまらぬ気をまわしたようで、上さまによけいな手間を取らせました」

「かまわぬ。儂がおぬしの立場であったら、同じようにした」

徳川家は、前田家に敵意を持っている。取り潰しの機会をうかがっていることは間違いなく、小さな騒動であっても細心の注意を払って対応すべきだった。

「それに、おぬしと会えてよかった。こんなことでもなかったら、顔を合わせなかった」

「私も上さまと会えて、嬉しく思っています。もう、あのころを知っている者も減りました」

「おぬしと、寧々と、あとは誰だ。思いだすのも難しい」

秀吉の妻、寧々は高台院《こうだいいん》と号して、京で暮らしている。知ってはいたが、信長はあえて顔を合わせていない。

「最近になって、よく昔を思いだしていた。楽しかったな」

「ええ。日々の暮らしで精一杯でしたが、おもしろいことばかりでした」

まつは懐《ふところ》に手を入れた。しばらくしてから、信長の前にある物を置く。

巻き貝だった。茶色と白の混じった貝殻《かいがら》で、手のひらに載るほどの大きさである。

信長は思わず手に取った。

「こんな物を、おぬしは集めていたのか」

「集めていたのは殿ですよ。上さまにはじめてもらった品に似ているからって。海辺に出ると、いつでも探していたようです。私と一緒に能登の海岸を見てまわったときも、砂浜に出ては懸命に探していました。さながら子どものように」

「又左は覚えていたのか」

信長は数多くの喧嘩をしてきたが、そのなかでもっとも印象的だったのは、熱《あつ》田《た》の漁師とやりあったときだった。

こちらは十五人で、相手も十五人。砂浜で血みどろになって戦った。正面からの殴りあいで、劣勢に立たされたが、利家の奮戦と海面の反射を目くらましに利用して戦うという信長の知略のおかげで、かろうじて勝利した。

漁師が仲間を連れて去っていくのを見て、信長とその仲間は勝ち鬨《どき》をあげた。

そのとき、信長は褒美として、近くにあった巻き貝を渡したのである。自分が与えるはじめての恩賞だから大事にせよ、と言って。

利家が慎《つつし》んで受け取ったのを、いまでも覚えている。

「殿から何度も聞かされました。これは、信長さまから受け取った大事な貝だと。はじめてで、もう、その場で飛びあがりたくなるぐらいに嬉しかったと、まあ、子どものように語っていましたわ。そのせいでしょうね、似たような貝殻を見つけると集めるようになってしまって。どれぐらいあるのか見当もつきませんわ。百はあると思いますよ」

「馬鹿馬鹿しい話だ」

「それだけ殿には思い出深い品だったのですよ」

まつは、信長の手から巻き貝を取りあげると、袖《そで》に隠した。

「忙しくなってからは、殿は商人に命じて、この貝を探させました。死んでからは、私が跡を受け継いだのです。加賀屋は輪島の漁師とつながりがあって、江戸の屋敷を訪ねたときに、貝の細工を見せてくれたのです。これなら大丈夫と思って、お願いしました」

「儂も見たよ」

次郎左衛門が手箱から出したのは、巻き貝だった。その色合いには記憶があり、利家のことを思いだすきっかけとなった。

「こんな物にこだわらずとも、いくらでも欲しい物はやれたのに」

「これがよかったのですよ。上さまとのつながりを確かめるためには」

信長は天を仰いだ。顔を上にあげなければ、こみあげてくる思いをおさえられなかった。落ち着くまでには、長い時を要した。

「大切にしてやってくれ。又左もあの世で喜んでいるだろう」

「もちろんですよ。生きているかぎり、手元に残しておきます。これのおかげで、何度も救われましたから」

まつは笑った。

「言うことを聞かないことがあると、持ちだして、壊してやると脅すんです。それだけで肩を落として、話を聞いてくれましたから」

「おぬしは怖いのう」

「どこの家でも同じだったようですよ。寧々もよくやっていました」

「女はいつでもそうだ」

信長は顔をゆがめたが、その口元には笑みがある。

「男に従っているふりをして、うまく操っている。おぬしも寧々も、お鍋も、市《いち》もそうだ。結局、儂らは手のひらで踊らされているにすぎぬ。女は、みな儂らを好き放題に遊ぶ馬鹿としか思っておらぬ」

「ご不満ですか」

「いいや。だから、おもしろいのよ」

信長は、夕陽に包まれた於玉ヶ池を見つめる。

それは、熱田神宮のかたわらにあった池を彷彿《ほうふつ》とさせた。夏は毎日のように出かけて、仲間と相撲《すもう》をし、水浴びで汗を流したものだった。

「馬鹿は馬鹿らしく、やりたいようにやっていけばよい。子どものころと変わらぬ大喧嘩をして、さんざんに遊びまわって、そして死ぬ。それで十分なのよ。どうせ男は、のちの世になにも残せぬ。銭も金も町もいずれ消える。積みあげたと思ったものはすべて幻で、さながら細かい砂のごとく手のひらから漏れていく」

「………」

「だから、いまを全力で生きればよい。昔のことは忘れ、先のことは考えず、ただ、いまだけを見つめて突っ走る。なにも残らないから、この世は楽しいのよ」

「なにをやっても、きれいさっぱり時の彼方に消えていますからね」

「そうだ。どんなに恥さらしな真似をしても、死ねば、いずれ忘れられる。だったら、まわりのことなど気にせず、好きにやればよい。少なくとも、儂はそう思ってやってきた」

「いつからですか。若いころからですか」

「わからんな。いつの間にか、そんなふうに思っていた」

「上さまらしくてよろしいですね」

まつも顔を池に向ける。視線はあくまでもやわらかい。

「殿も同じでした。年を取っても、偉くなっても、根っ子は子どもで。頭にきて、寝ているところを蹴飛ばしてやったこともありますよ。もう少し頭を使って生きれば楽になったでしょうに。それでも、それがあの人なのだから、しかたないですね」

「であるか」

「本当につらそうだったのは、大老《たいろう》とか言われて、天下の差配《さはい》を振るうようになってからです。太閤さまに気を遣い、徳川さまの動きに注意し、石田三成《いしだみつなり》の横暴に釘を刺して、毎日、見えないなにかに振りまわされておりました。満足に眠ることもできず、みるみる痩《や》せていきました。十年は寿命を縮めましたね」

若いころは暴れん坊だった利家も、年を取り、与力を使う身分になると、細かく気を遣うようになった。越前の柴田勝家が大軍をまとめることができたのも、利家が手を尽くした結果だ。

それはわかっていたのだが、信長と利家の距離はいつしか開いており、直にねぎらいの言葉をかけることはできなかった。

おまえのおかげで助かっている……そんな簡単な言葉を告げられなかったことは、いまでも悔いていた。

「おぬしは、加賀百万石の礎《いしずえ》となるのか」

「そんなおおげさなものではありませぬ。殿が作った物は守る。ただ、それだけです」

「あいわかった。ならば、その手助けぐらいはしよう」

信長は小さく笑って、刀を手に取った。やるべきことは決まった。

六

信長が差しだした書状を一読して、徳三は大きく目を見開いた。しばし息を止めていて、話をはじめるまでには、長い時を要した。

「こ、これは、本物なのですか」

「ああ、そうだ。さる筋から手に入れた。間違いなく太閤秀吉の書状だ」

信長は堂々と言いきった。

大事なのは、いかに本当のことのように思わせるかであり、そのために自信を持って振る舞うことが大事だった。嘘を嘘と見抜かれたらお終《しま》いだ。

「太閤……さまが前田家と仲がよかったことは、おぬしもよく知っていよう。手紙のやりとりはしょっちゅうで、そのなかには天下の大事について触れていたものもあった。それは見てのとおり、前田家の内情について触れたものだ。たわいのない話だが、まあ、細かく見ると、なかなかにおもしろい」

「加賀の名品について触れられておりますな。まさか、前田家がこのようなことを考えて、太閤さまに知らせていたとは」

信長が徳三に見せたのは、太閤秀吉が前田家に対して送ったとされる書状だ。手紙の内容は単純で、利家が加賀の特産品をこの先、京や堺で積極的に売るつもりだと示したことに対し、おおいに賛成するので、ぜひともやってほしいと記されていた。

秀吉自身も意見を出しており、漆器《しっき》や焼き物についての記述の多さから、強い関心を持っていたことが見てとれた。

「いまも大まかなところは変わっておるまい。ならば、うまく使ってみてはどうかな。おぬしは小間物問屋だ。十分、役に立つとみたが」

徳三は唸《うな》った。にわかには信じられないようだ。

それも当然で、太閤秀吉の書状が出てくることなど普通に考えればありえない。ましてや持ってきたのは、素性のわからぬ浪人である。疑うのは当然だ。

だが、疑惑に反して、それは本物だった。まつに頼んで、利家の手元にあった秀吉の書状を渡してもらったのである。

書いたのは右筆《ゆうひつ》であるが、花押《かおう》は本人が記していたし、なにより添え書きに本人の文が残っていた。じつに下手くそな字で、秀吉本人のものであることは間違いなかった。

「これがあれば、前田家に食いこむことができるのではないか。なにせ、手のうちがわかっているのであるからな。加賀屋よりも、うまくできるかもしれぬ」

「ですが、これが本物とは……」

「よしんば偽物であったにせよ、加賀や能登の名品はあきらかになる。うまく話を持っていき、用人《ようにん》を味方につければ、今後の商いには役立とう。このまま手をこまねいているよりは、ずっとよいと思うが」

「………」

「もちろん、いくらか金はもらう。だが、それも前田家に取り入ることを考えれば、たいしたことはなかろう」

信長は、徳三を煽った。前田家に取り入るきっかけを求めており、これを逃《のが》すはずはなかった。

以前、徳三は何度となく危ない橋を渡ってきたと語った。武家の息子らしく、危うい場面でも怖れずに進み、結果として成功を手に入れてきたのであろう。

ならば、今回も動くはずだ。成功体験が間違いなく、彼を縛る。

しばし書面を睨んでから、徳三は顔をあげた。

表情は渋い。だが、答えはまったく逆だった。

七

徳三と別れたあと、信長は加賀屋に赴《おもむ》き、策を練った。その日は午後から雨が降りはじめ、夜まで続いた。

徳三が信長の家に飛びこんできたのは、その雨がやんだ五日後のことだった。

「ひどいじゃないですか」

来るなり、徳三は声を張りあげた。

「あの書状、偽物ではありませんか。前田家は、このようなもの、いっさい知らぬと申しておりました」

「おう。そうであったか。それは申しわけないことをしたなあ」

信長は悪びれずに語った。

「後日、それを譲《ゆず》ってくれた女から書状が来てな、もしかしたら偽物ではないかと書き記してあった。間違いなく本物だと思ったから、おぬしに渡したのであるが、いやあ、申しわけないことをした」

「謝って済むことではございませせぬぞ。あのあと、大騒ぎになりまして」

徳三は信長から書状を受け取ると、その日のうちに前田家に使いを送り、話があることを告げた。きっかけをつかんで、前田家の家臣とつながりを持つつもりだったらしい。

だが、翌日、いきなり呼びだされて、そんな書状はないとはっきり告げられた。そればかりか偽物を振りかざして、前田家を攪乱《かくらん》する不届き者として、出入りを差し止められたとのことだった。

「そればかりか、お上にも睨まれるようになりまして」

「豊臣家とつながりがあると思われたか。さすがに手が早いな」

「昨日、偉い方から呼ばれて、問いつめられました。とにかく知らぬの一点張りで逃れましたが、もうどうしてよいのやら……」

徳三はうなだれた。さすがに、落ちこんでいるようだ。

狙ったとおりだ。徳三は信長の罠にはまった。

渡した書状は本物であったが、まつと事前に話しあって、これが持ちこまれたら、偽物だと告げることを決めていた。前田家を騒がす不届き者として、追いこむためだ。

お上の者が動くように仕向けたのも信長で、事前に秀吉の書状を持っていることを告げていた。

じつのところ、近江屋は手荒な商いで公儀から睨まれており、事前に光秀からその証拠をもらっていた。別の機会に使うつもりだったが、まつと会い、秀吉の書状が手に入ったので、徳三を追いこむ一手として、今回投入したのだ。

効果は絶大で、徳三は震えあがった。こうして信長のところに乗りこんでくるのも、計算のうちだった。

「しかたがなかろう。もはや引っこみはつかぬ」

「されど、このままでは、井伊家とのお付き合いにも差し障《さわ》りが出ます。なんとかしていただかないと」

「とは言ってもなあ」

信長はわざと腕を組み、首をひねる。

「勝手にせいと言いたいところだが、書状を渡したのは儂だからな。さすがに、このままにしておくのは気が引ける」

「な、なにとぞ……」

「あいわかった。おぬしに渡した書状、儂が引き取ろう。そのうえで、前田家に儂が渡したことを告げる。さすれば、罪はこうむらずに済むというもの」

「そのようにしていただければ助かります」

「ただ、手持ちがない。おぬしからもらった金は、早々に使ってしまって、まったく残っていない。今日、おぬしに頭をさげようと思っていたぐらいだ。あいすまぬ」

「金など要りませぬ。引き取ってくれれば、それで十分です」

「いやいや。そうはいかぬ。おぬしにも迷惑をかけて、金も払わず済ませたのでは、申しわけが立たぬ。そうさな」

信長が顎を撫でると、それにあわせて足音が響いてきた。襖《ふすま》の向こう側からで、何者かが階段をあがってきている。これも信長の計算どおりだ。

「おう、ちょうどよいところに客が来た。あの者に借りるとしようか」

徳三が驚いていると、客が声をかけてきた。信長が入るように言うと、三十代なかばの商人が姿を見せた。座ったまま一礼する。

息を呑む声が聞こえる。徳三が口を開いているのが見てとれる。

当然であろう。姿を見せたのは、加賀屋次郎左衛門だった。

徳三の商売敵は彼を見てから、信長の招きに応じ、にじって、その隣に移動してきた。

「お招きにあずかりまして、光栄至極《こうえいしごく》に存じます」

「うむ。ちょうどよかった。いま、この近江屋と話をしていてな、前田家とのことで、困った事態になっているらしい。くわしいことは言えぬが、助けてやりたい。手を貸してもらえぬか」

「できることでしたら」

「まずは金だな。少しばかり貸してくれると助かる」

「承知いたしました」

徳三が口をはさもうとしたので、信長はそれよりも早く話を続ける。

「よかったな、徳三。これで例の書状はなんとかなるぞ」

徳三の顔はゆがんだ。次郎左衛門に借りを作るのは屈辱であろう。今後、しこりとなれば、大きな問題を起こすかもしれない。

それはわかっていたので、信長は間合いを取ってから、さらに先を続けた。

「ついでと言っては、申しわけないが、前田家との話は、この加賀屋に間を取り持ってもらおうと思うが、どうか。じつは、すでに話はしてあるのでな」

「えっ」

次郎左衛門は徳三を見て、前田家とはつながりが深いので、役に立つであろうと語った。うまく事が運べば、手間をかけることなく、騒動はおさまると。

「それで、もしよろしければ、私めが前田家の方々を紹介いたしましょうか。きっと、今後の商いに役立つはずです」

「そ、それは助かるが、なぜ……」

「手前どもは、喧嘩をしたいわけではないのです。よい商いができればそれでよく、近江屋さんと品物が重ならなければ、あまり気にはなりません」

そこで、次郎左衛門は徳三を見た。

「ただ、輪島の巻き貝、これだけは譲れませぬ。近江屋さんは、どこからか、あの巻き貝が高く売れることを知り、前田家に売りこみをかけたいと願っているようですが、それだけは認めることはできません。あれは、我らが前田家とつながるきっかけになった品。手間暇《てまひま》をかけて、最上の品を納めています」

次郎左衛門が、巻き貝の由来を知っているかどうかは、よくわからない。

ただ、まつが強い決意で集めており、その意志を守るためになんでもすると思っていることは間違いない。

決して引かぬと語った言葉には、強さがある。それは、彼がただの温厚な商人ではないことを意味している。

「いかがか」

次郎左衛門に問われて、徳三は唸った。

決着はついた。受け入れるしか、徳三に道はなく、それがわからぬほど馬鹿ではないはずだった。

信長は返事を待った。渋い声が響いたのは、春の風が座敷の空気を軽く掻きまわしたときであった。

八

信長が柳町の先に広がる海岸線にたどり着くと、まつはすでに姿を見せていた。四月の温かい日射しを浴びながら、砂浜に立っていた。

相変わらずの儚さで、放っておけば消えてしまいそうだ。ひときわ強い風が押し寄せ、白波がまつの足元に押し寄せたところで、信長は声をかけた。

「なんとかまとまったか」

まつは頭巾を手でおさえながら、顔を向けてきた。軽く頭をさげてから、口を開く。

「おかげさまで。昨日、次郎左衛門が来て、近江屋の主を紹介してくれました。癖のある方と聞いておりましたが、私の前では静かに頭をさげるだけでしたよ。商いの話もあまりしませんでした」

「殊勝《しゆしよう》なようで、なによりだ」

信長はまつのかたわらに立つと、足元の小石を拾って放り投げた。

ゆるやかな曲線を描いて、石は波間に落ち、小さな水飛沫《しぶき》があがる。それは、荒れた海に呑みこまれて、たちまち姿を消す。

「次郎左衛門はお人好しだが、おかげで物事がきれいにおさまった。ありがたい話だ」

近江屋と加賀屋の騒動は、徳三が次郎左衛門の提案を受け入れたことで、手打ちとなった。

徳三は自分に否があったことを認め、噂話を打ち消す策を講じる一方、知り合いの武家に紹介状を書き、加賀屋に便宜《べんぎ》をはかった。みずから小田原町の店を訪れ、関係を修復したことも示した。

次郎左衛門は徳三が本気であると見て、前田家の用人に紹介することを約束し、それを守って上屋敷まで連れていった。

まつが出てきたのは、信長が事前に話を通しておいたからだ。落髪したとはいえ、当主の母親が出てくるとなれば、徳三も緊張しよう。

まつのことだから、事前にはなにも言わず、さりげなく話し合いの席に現れたに違いない。

「面倒な話もあったようですね」

まつは、徳三が前田家の内情を探るように打診されていたと語った。金の動きを知りたかったようで、かなり細かい指示があったようだ。

話を聞いて、信長は驚いた。裏はないと思っていたが、とんだ見込み違いだったようだ。

そこまで徳川の旗本は、外様《とざま》大名の動向を気にするのか。怖れるにもほどがあろう。

「そこはうまくやると、徳三は申しておりました。べつに痛くもない腹を探られても怖くはないのですがね」

「無理に痛みを植えつけることもできる。加賀百万石はつねに狙われている」

「そうでしたね」

ふたりは連れだって、歩きはじめた。潮騒が彼らを包みこむ。しばし言葉は途切れた。

雲が流れて、頭上の日射しを隠す。影が広がると、空気が冷えるのを感じる。四月にしてはいささか寒い日で、上空を舞う鳥も哀しげな鳴き声をあげている。

「どうするのだ、この先」

信長の問いに、まつは素直に答えた。

「あの人が得た領地を守っていきますよ。これまでどおりに」

「そうか」

「加賀と能登を得たとき、殿は無邪気に喜んでいました。これでいままでの苦労は報われたと。しがらみが増えて面倒だと言っていましたが、それでも町の手入れをしたり、村の様子を見たりするのは楽しそうでした。能登の山奥まで出向いて、村の長と話をしたこともありました。尾張とは違う生きように、なにやら感心していたのを覚えております。あの地を本気で愛していたことは間違いありません」

まつは、そこで足を止めて、信長を見やった。

「けれど、あの人が本当に望んでいたのは、上さまと一緒にどこまでも駆けていくことでした。上さまが望めば、四国でも九州でも、さらには海を越えて唐天竺《からてんじく》でも。その背中を追って、最後の最後まで走り抜くことでした。若いころから、夢はずっと変わっていませんでした」

「……だったら、儂より先に黄泉《よみ》に逝《い》くな。馬鹿者め」

追い越して、黄泉の世界に飛びこんでしまって、どうする。どうやっても、この先、引っ張っていくことはできぬではないか。

「上さまはどうするのですか、この先」

まつの問いに、信長は応じなかった。

脳裏の声に気を取られていたからだ。

思わず振り返ると、砂浜を若武者が駆けてくるのが見える。

全員が二十代なかばで、派手な格好をしていた。髷は荒っぽく結っていて、手にした槍《やり》はすべて朱塗《しゅぬ》りだ。

当然、顔も見知っている。

利家、秀吉、成政、頼隆、良勝。ともに馬を駆り、ともに飯を食い、ともに暴れまわった者たちだ。

みな笑っていた。本当に心の底から楽しんでいる。

「だから、おぬしは駄目なのだ。猪《いのしし》みたいに突っこんで、どうなる」

秀吉の言葉に、利家が目をつりあげて反論する。

「逃げまわっていては、勝てぬ。前に出て、槍を振りまわしていてこそ、活路は見えてくる」

「それが阿呆《あほう》だと言っている。せっかく頭がついているのだから使ってみよ」

「まったく、おぬしらは仲が悪いな。まあ、犬と猿だから致し方ないか」

成政がからかうと、秀吉と利家は顔を見あわせて笑う。

「そうか。猿と犬ではしかたないな。これからもせいぜいやりあうとしよう」

「おうよ。爺になるまで、ずっと喧嘩よ。忘れるなよ」

笑い声をあげると、彼らは信長に背を向けて去っていく。

信長は思わず手を伸ばすが、彼らをつかまえることはできない。砂浜の端《はし》まで達したところで、幻のように消えていく。

もう声は聞こえない。

その場に信長は立ち尽くす。

利家も、秀吉も、成政ももういない。はるかな彼岸《ひがん》の世界に立ち去ってしまった。

残されたのは信長だけだ。

あの若き日を共有する者は、どこにもいない。

夢は終わったのか。それとも、いまだ続いているのか。

なにもわからないし、たぶん、わかることもないだろう。

すべては時の彼方だ。

いまの自分にできることは、思い出を胸に抱いて生きていく。それだけだ。

「流されるままに生きるのも悪くはない」

初夏の風に押されるようにして、信長は砂浜を離れ、江戸の町に足を向けた。

その先では、まつと、その後ろから姿を見せた光秀がかつての主君が歩み寄ってくるのを待っていた。

第四話　奪い合い

一

慶長十二年には四月が二度ある。閏月《うるうづき》であり、初夏の日射しが強くなった頃合いからはじまる。

順調なら、月が終わるころには梅雨《つゆ》の走りである長雨が降りだすようになり、その影響で、五月のなかばに強烈な夏の日射しが降りそそぐことになる。

季節の感覚がおかしくなるが、暦《こよみ》の都合であるのだから致し方ない。

そんな閏四月のなかば、強い湿気を感じながら、信長は日本橋から材木町の裏手にまわりこんでいた。光秀に頼まれて、加賀屋に使いにいった帰りである。

懐《ふところ》にはまつの手紙がある。

先日、家康の次男である結城《ゆうき》秀康《ひでやす》が急死した。病気とも、馬から落ちたとも言われていたが、真偽は不明である。

越前六十八万石の領主であっただけに、その死は諸大名に大きな衝撃を与えた。秀康はかつて秀吉の養子であったことから、豊臣家との関係が深く、大坂城の豊臣秀頼《ひでより》も頼りにしていたと言われる。豊臣、徳川の関係が大きく変わることも考えられ、大名は内情を調べるべく手を打っていた。

まつもそのひとりで、知り合いと連絡を取る一方で、信長を通じて光秀とも接触し、秀康の死がどのような影響を与えるか調べていた。

光秀ともまめに連絡を取りあったが、それは前田家が狙われるのを怖れたためだった。幕府は神経質になっており、つまらない騒動であってもおおげさに取りあげ、叛意《はんい》を勝手に作りあげることも考えられた。

天下が揺らぐ前に先手を打とうとしているのであろうが、あきらかに先走りすぎていて、放っておけば大騒動になることはあきらかだった。

光秀は前田家に同情的であり、適時、幕府の内情を知らせた。まつは感謝して、何度もお礼の書状を書いたが、それを運ぶ仕事は、なぜか信長に押しつけられていた。

表立ってやりとりをするわけにはいかないので、やむをえなかったが、ほかにもやりようはあるだろう。信頼のおける家臣を使えば、まったく問題はないはずだ。

信長は抗議したが、光秀は表情も変えずに受け流した。

「よろしいではありませんか。上さまならば、漏らす相手もおりませぬゆえ、安心です。前田家のためですから、ここはひとつよろしく」

「儂は飛脚《ひきゃく》ではないぞ。勝手に使うな」

「いつも人を使っているのですから、たまには使われるのもよろしいでしょう。我らの苦労がよくわかると思いますぞ」

光秀が新しい書状を突きつけてきたので、そこで話は終わってしまった。

まったく腹立たしい話だが、前田家がかかわっているとなれば、無下《むげ》に断ることもできず、使い走りに甘んじている。

「この借り、いつか返してもらうからな、十兵衛」

信長は材木町の裏から南に向かい、万町、村松町と抜けていく。

周囲は静けさに包まれており、町を歩く者はまったくいない。

時刻は戌の刻であり、日は完全に沈んでいるが、人の気配が消えるには早すぎる。日の短い季節でも、遅くまで働いていた職人のひとりやふたりは見かけたものだ。

「辻斬りのせいか」

今月に入って、江戸の各所で人が斬られている。

十日前には、神田明神の近くで左官が殺され、その死骸は木にくくりつけられていた。無惨《むざん》な殺され方に、遠く離れた蠟燭町のみはしでも話題になった。

一昨日は平川に死体が浮かんでいて、引きあげてみると、首筋を切り裂かれていることがわかった。殺されたのは浪人と思われたが、いまだ身元はわからぬまだ。昨日も新橋の先で殺しがあったという知らせがあり、おとみは早々に店を閉めて、おあやとおみちに帰るように命じていた。

江戸の町には戦国の遺風《いふう》が強く残っており、荒事は珍しくなかった。信長も喧嘩に巻きこまれたとき、何度となく斬りつけられている。

しかし、これほど辻斬りが続くのは珍《めずら》しい。信長も気になって、大ぶりの太刀を持って出かけたのも、その現れである。

信長は町屋の合間を、ゆっくりと抜けていく。

その足が止まったのは、榑正町《くれまさちょう》の手前に達したときだった。町の奥まで引きこまれた堀の橋を渡ったところで、強い殺気を感じた。

気配を探りながら、信長が前に出る。角を曲がり、町を南北につらぬく大通りに出たところで、武家が対峙している光景が視界に飛びこんできた。

ふたりは向かいあっており、一方が刀を抜いて間合いを詰めている。殺気を撒き散らしているのはこの人物で、あきらかに相手を斬り倒すつもりでいる。

ただ、その正面にいる武家は刀を抜かず、相手が間合いを詰めると、すり足で後退していた。しきりに左右を見まわしているのは、逃げる機会を探ってのことと思われる。

状況がよくわからない。

信長が近づいたところで、刀を持った武士がさらに踏みこみ、斬りつけた。

二度、三度と、それは続き、次第に相手は追いこまれていく。

必殺の一撃が放たれようとしたそのとき、信長は声をかけた。

「待てい。相手は刀を抜いておらぬのではないか」

刀を手にした武家は、驚いて信長を見た。茶筅髷《ちゃせんまげ》に、灰色の小袖《こそで》、濃紺の袴《はかま》という格好で、顔は髭《ひげ》で黒く染まっていた。

「理由《わけ》があるにせよ、一方的に攻めたてるのはおかしい。まずは話をしたら、どうなのか」

「うるさい。よけいな口出しをするな」

茶筅髷の武家は、信長に歩み寄ってきた。

「邪魔をするのであれば、おぬしも斬る」

「ほう。儂とやるか。おもしろい」

信長は太刀の柄に手をかけた。

「この刀は、おぬしのような馬鹿に使うものではない。だが、来るというなら、容赦はせぬ」

今日、信長が佩《は》いているのは、天下に名高い名刀、大典太光世《おおでんたみつよ》だ。

平安の御世、三池典太《みいけ》光世が打った品で、足利将軍家が長く秘蔵していたことで知られる。足利義昭が京に帰参した際、感謝の印として秀吉に贈られ、その後、前田家に渡った。

刃長は二尺一寸五分。身幅《みはば》が広いのが特徴で、手にすると並の太刀より重みを感じる。

拵《こしら》えは利家が本阿弥《ほんあみ》家に作らせた逸品で、あざやかな萌黄《もえぎ》の糸巻《いとまき》が目を惹《ひ》く。

金沢城で厳重に保管されていたが、信長が使わせてほしいと申し出て、まつがそれに応じ、江戸にひそかに運びこんだのである。

信長の手に渡ったのは三日前のことで、抜き放ったときの美しさは、見惚《みほ》れて呆然とするほどだった。

その名刀を振るうには、相手がいささか小者である。だが、かかわってしまったからには退《ひ》けないし、みずから退くつもりもない。

信長は手に力をこめて、間合いを詰める。

茶筅髷の武家は、八双《はっそう》に構えて、迎え撃つ姿勢を見せる。

月が白い光を降りそそぐ。

風が吹き、雲が大きく流れたとき、武家は一気に間合いを詰め、上段から強烈な一撃を放つ。

信長はさがって大典太光世を引き抜くと、横からの一撃をかわす。

切っ先が袖を斬り飛ばす。次いで、上段からの一閃が着物の胸を斬り裂く。

武家はさがりながら、横に太刀を振るうが、あまりにも遅い。

いや、信長が速すぎるのだ。太刀に引っ張られるようにして、腕を振るう。

武家はたちまち追いつめられた。反撃を試《こころ》みるよりも早く次の一撃が来て、かわすだけで精一杯だ。

信長が下からすくいあげるようにして大典太光世を振るうと、武家は太刀を絡《から》めとられて手放した。身体を支えきれず、そこで尻餅《しりもち》をつく。

気合いをこめた信長が、その喉元《のどもと》に刃を突きだす。

最後の一撃が放たれる寸前、背後から声が響いた。

「そこまでです。勝負はつきました」

振り返ると、若い武家が信長を見ていた。

「殺すことはありません。どうか、刀を引いてください」

信長はしばし武家を見ていたが、大きく息をつくと太刀を鞘に収めた。

茶筅髷の武家は太刀を拾うと、一直線に走り去った。

剣戟《けんげき》は終わり、緊張がゆるむ。

「大丈夫か。派手《はで》に斬りつけられていたが」

「ちょっと腕を斬られましたが、たいしたことはございません。おかげで助かりました」

「なぜ、刀を抜かなかった。使わなければ意味がなかろう」

「使いたくはなかったのです。無駄に傷つけたくはなかったので」

「なにもせずに殺《や》られるつもりだったか。だとすれば、相当の阿呆《あほう》だな」

若い武家は顔をしかめたが、言い返すことはなかった。どうやら事情がありそうだ。

二

信長は若い武家を竹町の屋敷に連れてきた。怪我をしていたし、なによりも住処に戻りたくないようだったので、無理して引っ張ってきたのである。

腕の怪我は軽傷で、軽く手当《てあて》をするだけで済んだ。

「ここまでしていただき、申しわけありません」

若い武者は座敷で両手をつき、頭をさげた。

「名乗るのが遅れましたが、手前は真田伊豆守家中、江崎吉右衛門《えざききちえもん》と申します」

「なんと、真田家中とな。これは縁があるな」

信長が遠野親兵衛とかかわりがあることを告げると、江崎は目を見開いた。

「親兵衛と知り合いでしたか。これは奇縁ですな」

江崎と遠野は小県の出身で、生まれた場所も近かった。同郷のよしみで親しくなり、江戸に来ても行動をともにしていた。致仕《ちし》したときには驚き、なにもできなかった自分を恥じたという。

「帰参《きさん》が叶ってよかったな」

「はい。あの日は一晩中、飲み明かしました」

屈託《くったく》のない笑顔だった。

年のころは、遠野と同じぐらいであろうか。茶の小袖も濃紺の袴も使い古しではあるが、きちんと手入れをしてあって、男ぶりを引き立てていた。小さく結った髷も、よく似合っている。

瘦身《そうしん》であるが、ひ弱な印象はなく、鍛《きた》えていることが見てとれる。手は、稽古を積み重ねてきたせいか、皮が硬くなっていた。

しばし、信長は、江崎と語った。

当主の真田信之は遠野を高く評価しており、呼び戻す機会をうかがっていたようだった。遊郭に押しこんだときにも、早くから知らせを受けて事情をつかんでおり、場合によっては家臣を送りこんで、事をおさめようとしていたのだという。

「いい主君だな。目をかけられていて、羨《うら》ましいかぎりだ」

「そう思います。殿のためならば、手前どもはどのようなことでもいたします」

江崎は言いきった。遠野も同じように語っていたことを、信長は思いだし、思わず笑った。故郷が同じだと考え方も似るのか。

「さて、いまさらではあるが、事情を聞かせてもらおうか。おぬし、なぜ、襲われていた」

躊躇《ためら》っていたが、恩義があると感じたのか、江崎は口を開いた。

「先日、とあるところで、剣術を披露《ひろう》する集まりが開かれました。各家から剣技に長《た》けた者を選びだし、総当たりで競わせるのです。送りだされたのは八名。私もそのうちのひとりで、幸運なことに一位になることができました」

「ほう、それはすごいな」

「たまたまでございます。手前の太刀筋は、少し変わっておりまして、それがうまくはまったのでしょう。殿からもお褒めの言葉をいただき、気分がよくなっておりました」

そこで、江崎の表情は曇《くも》った。

「おかしなことになったのはその五日後、突然、とある方から手前を家臣として迎えたいという申し出があったのです。集まりにはそこの家臣も来ておりまして、手前は二度やって二度とも勝つことができました。そのときの手並みが見事だったので、ぜひ迎え入れたいと。知行《ちぎょう》も十分に与えると言ってきました」

「それを断ったのであるか」

「はい。いまの殿以外、主君として仰ぐつもりはございません。丁重《ていちょう》に断らせていただきましたし、殿からもその旨《むね》を伝えていただきました。ただそこで、行き違いがあったのか、その家は面子を潰されたと思いこみ、真田家に難癖《なんくせ》をつけてくるようになりました。上役がいきなり喧嘩《けんか》を売られたこともありましたし、江戸に入った勘定方《かんじょうがた》が取り囲まれることもございました。殿もなにやら言われたようで困ったご様子でして……なんとも申しわけないかぎりです」

「それは、ひどいな」

そもそも、家臣の引き抜きは御法度《ごはっと》である。当人が望んでいても、主君が許さなければ、家を移ることはできない。勝手に出奔《しゅっぽん》すれば、奉公構《ほうこうかまい》を出して、仕官を禁じることもできる。

去年、黒田家の後藤又兵衛《ごとうまたべえ》が細川忠興を頼って、一族郎党《いちぞくろうとう》を率《ひき》いて所領を離れるという事件が起きており、長政と忠興の間で深刻な対立が生じていた。信長の事件を解決するためにふたりは手を貸してくれたが、その背後には大きな問題を抱えており、大事件に発展した可能性も十分にありえた。

騒動の原因となることはわかっているはずなのに、なぜ、そのような話を持ちかけたのか。よくわからない。

「では、今日、おぬしを襲ったのもそこの者か」

「はい。何度か立ち合うように言われましたが、面倒は御免でしたので、断っていたのです。それが今日、用件があって江戸屋敷を出たところ、帰り道に襲われました。一度は振りきったものの、結局は見つかってしまい、不始末を起こしてしまった次第です」

「質《たち》が悪いな。早々にあきらめればよいものを」

「同感です。私もそこそこ腕は立ちますが、天下にはもっと優《すぐ》れた者がおります。そのような方を探し求めて迎え入れれば、どうということはないのに……正直、困り果てております」

「いったい、どこの家中だ。そんな無茶を言うのは」

江崎は返事を躊躇った。顔をゆがめて、うつむく。

間が空いて、これは聞きだすのは無理かと信長が思ったところで、江崎は絞《しぼ》りだすようにして語った。

声をかけてきたのは、将軍家である、と。

「その話なら聞いております。まさか、ここで上さまがかかわるとは」

驚く光秀に、信長は手を振って応じた。

「たまたま、と言いたいところだが、まつからの書状を運んでいなければ、このような事態にはならなかった。使い走りにするから、こういうことになる」

「それは申しわけないことをいたしました。ただ、帰りが遅くなったところは、いささか引っかかりますな。芳春院さまと会ったのは、昼間だったはず。なぜ、日が暮れてから町を歩いておられたのですか」

「嫌味な奴だな。細かいことは気にするな」

帰り道に柳町で誘われて、伊勢町の茶屋で楽しく飲んでいた。伏見から珍《めずら》しい酒が入ってきており、堪能《たんのう》していたら、つい時間が過ぎていたのだ。

少し羽目《はめ》を外したぐらいで、文句を言われてはたまらない。

真面目《まじめ》も度が過ぎれば鬱陶《うっとう》しいということを、光秀はいまだに理解していないのかもしれない。

三

「上さまがそう言うのでしたら、そういうことにしておきましょう」

声色も変えずに、淡々《たんたん》と応じるところも腹立たしい。

「では、本題に戻りまして、家臣引き抜きの件ですが、強引に事を進めているのはたしかです。江崎吉右衛門の剣技は優れており、そのときの仕合《しあい》で、将軍家から送りこんだ家臣を叩きのめしております」

「それだけで引き抜きか。いささか強引であろう」

「まったくで。江崎はすばらしい剣士でしたが、無敵というわけではなく、井伊家の剣士には敗れております。本当に強い武士《もののふ》が欲しければ、そちらに声をかけていたでしょう」

光秀は顔をしかめた。

「おそらく、家臣が叩きのめされたことが腹立たしかったのでしょう。ただでさえ将軍さまは、真田家に複雑な思いを抱いておりますから」

徳川家は真田家に二度、敗北している。

一度目は、天正十三年、上州沼田をめぐって真田昌幸が反抗したときで、家康は七千の兵を送りこむも、真田勢の地形を生かした戦法に、上杉勢の進出や石川《いしかわ》数正《かずまさ》の出奔もあって後退を余儀《よぎ》なくされた。

二度目は七年前、関ヶ原の戦いの直前、徳川秀忠率いる軍勢が攻めたてたときで、徳川勢は三万八千、真田勢はおよそ三千と戦力には圧倒的な大差があったが、最後まで攻めきることができず、おさえの兵を残して西に向かった。

この失策で、秀忠は関ヶ原の合戦に間に合わず、家康から厳しく叱責されることになる。後継者としての立場も危うくなったが、榊原康政《さかきばらやすまさ》や本多正信《ほんだまさのぶ》の助言もあり、かろうじて地位を守ることができた。

真田家は徳川に取って仇敵であり、とりわけ秀忠は強い怨みを抱いている。

「それで引き抜きか。こすっからい」

信長は笑った。人を嘲《あざけ》るその表情は、まさに第六天魔王にふさわしい。

「仕掛けたのは将軍か。それとも、その家臣か」

「そのあたりはなんとも」

「どちらにせよ、肝《きも》っ玉《たま》が小さい。どうせなら正面から文句を言い、堂々と家臣を連れて乗りこんで、合戦のひとつでもすればよいのだ。派手に殴りあえば、誰もが納得する。それを姑息《こそく》な引き抜きで腹いせとは。将軍は、よほどこすっからいと見える。この先の徳川家、さぞつまらなくなるだろうな」

「よけいなことは言わぬように。首が飛びますぞ」

「おう。やれるものなら、やってみろ。その前に、江戸を火の海にしてやるわ」

それぐらいの仕掛けなら、いつでもできる。江戸の暴れ者とは付き合いがあるし、武家の知り合いも多い。煽《あお》れば、騒ぎを起こすことなど容易《たやす》かろう。

光秀は目を細めた。剣呑《けんのん》な気配が漂《ただよ》う。

「さすればその前に、上さまを討たねばなりませぬぞ」

「来るなら来い。今度こそ返り討ちにしてやるわ」

信長は獰猛《どうもう》に笑う。かつての興奮がよみがえってくる。

高まった殺気が交錯《こうさく》したところで、それは出し抜けに消えた。せまい座敷に残るのは、春の穏やかな空気だけだった。

信長は姿勢を崩した。

「さて、どうする。本気で儂を討つか」

「まさか。いまの手前は、五百の兵も動かすことはできませぬよ、億劫《おっくう》で」

「よく言うわ。では、真田の件はどうだ」

「争って益《えき》があるのであれば、いくらでも動きますが、今回はどうもうまくありませぬ。騒ぎが大きくなれば、真田家を追いつめるだけ。いまは、他の手を考えるべきでしょうな」

光秀は小さく唸《うな》った。言ってはみたものの、妙手《みょうしゅ》は出てこないようだ。

「そういえば、上さまが拾った侍は、いまどこに」

「阿国のところにあずけておる。屋敷に返すと、また面倒なことになりそうだったからな。主《あるじ》に文を出して、しばらく江戸市中に留《とど》まることを告げている。あそこにいれば、しばらくは大丈夫であろう」

「阿国も気の毒に。上さまに振りまわされて」

「よけいなお世話だ」

阿国は例の騒動が片づいてからも、江戸に留まっている。しばらく江戸の町を見て楽しみたいとのことで、いまは神田須田町の一角に屋敷を借り、一座の者とゆっくり暮らしていた。

阿国の一座には、諸国から流れ着いた者が多く、その素性はまちまちだ。身を隠すには、ちょうどいい。

「しばらく様子を見るさ。向こうが動いてきたら、一気に懐に飛びこんで決着をつける。時はかけぬよ」

「くれぐれも荒事は避けてください。面倒は御免《ごめん》ですぞ」

「心得ておくよ」

信長は普段と同じ声色で応じたが、光秀の表情は硬いままだった。

信用されていないらしい。気持ちはわかるが、向こうが仕掛けてきたら、どうにもならぬではないか。派手にやらねば、追い返せないこともある。

信長は大典太光世を手元に引き寄せた。柄から伝わる冷たい感触が、いまはなんとも心地よかった。

四

光秀に言われたからではないが、しばらく信長はひとりで江戸市中を散策してまわった。神田明神に出向いて参拝したり、不忍之池で釣りを楽しんだり、於玉ヶ池の茶屋に出向いて、ゆっくり酒を飲んだりした。

芝の愛宕山《あたごやま》に赴《おもむ》き、頂上から江戸の町を眺《なが》めたのは、閏四月もなかばを過ぎたころだった。その日は天気がよく、前日の雨の影響もあって空気が澄んでいたので、すばらしい眺望を堪能《たんのう》することができた。

町は、江戸城の普請が次の段階に入ったこともあって、活気づいていた。昨年は外堀を整備して、城内の石垣《いしがき》を積みあげたが、今年はいよいよ天守閣の建築をおこなう。

縄張りは、伊予《いよ》二十万石を領する藤堂高虎《とうどうたかとら》で、仙台の伊達政宗、米沢の上杉景勝、会津の蒲生秀行《ひでゆき》、山形の最上義光《もがみよしみつ》が作業にあたる。すでに多くの人夫が城に入って、作業を進めていた。

噂によると、天守は五重六階。高さは二十丈を超え、勇壮なことで知られる大坂城天守よりも大きくなると言われている。屋根は鉛瓦《なまりがわら》、壁は白の漆喰《しっくい》で、江戸のどこからでも見ることができるように工夫《くふう》されているらしい。

愛宕山からでは遠すぎて、工事の様子を見ることはできなかったが、作事が順調に進んでいることは予想できた。

江戸の町は着実に広がっており、一年前とはまるで様相が違う。

京橋の南にも町屋が建ち並び、諸国から人が流れこんでくる。訛《なま》りのきつい職人が数多く入ってくると、言葉が通じず、作業をするにも通訳が必要になるほどだった。尾張弁で話が通じていないのを見て、通りがかった信長が間を取り持ったこともあった。

この先も、江戸の活況は途切れることはないだろう。

以前、この先、日の本の中心は江戸になると光秀に語ったことがあったが、それは思ったよりも早く訪れるかもしれない。京や大坂、堺が戦渦に巻きこまれるようなことがあれば、なおさらだ。

いずれ、西国と東国の関係は変わる。政《まつりごと》の中心が東国に移ったとき、人々の考えがどのように変わるか見ものであったが、残念ながら、それを確かめることはできないだろう。そこまで自分が生きているとは考えていなかった。

十日にわたって、信長は変わりゆく江戸の町を自分の眼で見てまわった。わざと人目につくように派手な格好をしながら。さらには甚内を動かして、真田家の家臣とかかわった老将がいると噂を流して。

動きがあったのは、みはしのおとみに頼まれて、加賀屋に赴いた帰りのことだった。

その日は、朝から湿気が強かった。頭上には厚い雲が広がり、雨が降っていないのに、身体に水気がまとわりついて離れなかった。

町を行く職人も鬱陶しげで、雲を見あげる顔は渋かった。

加賀屋での用事を終えて、信長は大川に足を向けた。よい魚が捕れると次郎左衛門に聞いたのが直接の理由であるが、端《はな》からひとけのないところに行くつもりだった。

大伝馬町《おおでんまちよう》から祢宜町《ねぎちよう》を抜けると、水の匂いを強く感じる。

大川まで続く湿地には、葦《あし》が一面に生えていた。

庄司甚内は、このあたりに江戸の遊郭《ゆうかく》を集めて、京の二条柳町に匹敵する傾城町《けいせいまち》を作りだすと言っていたが、本当にできるのであろうか。

いかに江戸の町が大きくなっているとはいえ、葦が広がる低地をどうにかするのは、相当に難しいであろう。

信長は湿地を避けて、寂《さび》れた寺の脇を抜け、大川へと向かう。

足を止めたのは、川からの冷たい風が吹きつけてきたときだった。

「おい、そろそろ出てきたらどうだ。朝からあとをつけられて、正直、気持ちが悪い」

気配がふたつ揺れた。近くにある楠《くすのき》の後ろから、それは感じられた。

「聞きたいことがあるのなら、言え。もっとも、答えるつもりはないがな」

信長に挑発されて、濃紺の小袖に黒の袴を身につけた武家が現れた。すでに刀を抜いている。

その後ろにいる武家も同じ格好で、無駄のない動きで間合いを詰めてくる。

腕はそこそこ立つようだ。緊張しながら、信長はふたりの武家と対峙する。

「おぬしら、将軍家の者か。よくも、そんな仏頂面《ぶっちょうづら》ができたものだ」

信長は太刀の柄に手をかけた。

「真田家には、もう手を出すな。せせこましすぎる。もう少し、堂々と渡りあったらどうなのか」

ふたりは答えない。ただ、静かに歩み寄ってくるだけだ。

「ふん。儂の遺骸《いがい》で、真田家を脅すつもりか。よかろう、来るがよい」

信長は太刀を抜いた。

夕陽を浴びて、大典太光世の刀身が輝く。

ふたりは左右に広がる。

その翼がいっぱいに広がる寸前、信長は動いた。頭を低くして駆け、右の武家との間合いを一気に詰める。

武家は虚《きょ》を衝《つ》かれて、上段から太刀を振るう。

信長はそれをかわすと、刀を横にして、右の小手を攻める。

敵は後退しながらも体勢を立て直し、大きく振りかぶって、袈裟《けさ》斬《ぎ》りを試みる。

信長は半身になって太刀を避けて、なおも右の小手を攻める。

相手の斬撃にあわせて、執拗《しつよう》に小手を攻める。それは、柳生石舟斎から教わった太刀筋のひとつだった。

受け身にまわるのではなく、仕掛けることによって間合いに入ってきた相手の急所を攻めたて、一瞬で攻撃力を奪い取る。

これを覚えねば先に進めぬと言われて、信長は懸命に稽古を積んだ。石舟斎や柳生の高弟相手にはまったく通じなかったが、新陰流を学びはじめたばかりの若侍相手ならば、なんとか狙いどおりの一撃を与えることができた。

よくも、あの短気な石舟斎が、根気よく教えてくれたものだ。

感謝の思いは、剣技で返す。

敵は動揺しながらも、なおも上段から攻めたててくる。

信長は半身で太刀をかわすと、ついに、その右手を斬りつけた。

呻《うめ》いて武家が刀を落としたところで、そのまま剣尖《けんせん》を突きだして、喉を狙う。

必殺の一撃だったが、その動きを読んでいたのか、武家は首をひねった。

皮一枚を切り裂き、血が流れだしたものの、致命傷にはならない。

信長がなおも追いかけようとしたところで、もうひとりの剣士が横から攻めてきた。激しく突いて、信長に後退をうながす。

武家の表情は強張《こわば》っていた。あきらかに驚いている。

「そうであろうな」

思わず、信長は笑った。

「同じ太刀筋で迎え撃たれるとは思わなかったであろう」

ふたりの剣技は、新陰流のそれだった。洗練されていて、無駄がない。

信長がその太刀筋を知らなければ、最初の一撃で倒されていたかもしれなかった。

将軍家の家臣ならば、新陰流を学んでいる者がいてもおかしくない。江戸の柳生家から派遣された剣士である可能性もある。

信長は、無傷の剣士と向かいあう。

殺気は異様なまでに高まっており、こちらを斬り殺すまで退《さ》がる気はなさそうだ。

ならば、迎え撃つよりない。

信長は中段に構えると、すり足で前に出る。

相手の武家は半身になって、同じく中段で構える。

これは、やりにくい。姿勢を変えようにも、相手は微妙に立ち位置を変えて、つねに信長が前面をさらすような位置につける。

この戦い方はよく知っている。石舟斎の孫である柳生兵庫助利厳《ひょうごのすけとしよし》が好んで使い、何度となく打ちのめされた戦法だ。

当時の利厳はまだ十代だったが、剣尖の速さは凄《すさ》まじく、気づいたときには打ちこまれていた。天才と呼ぶにふさわしい剣技で、のちの世まで名前を残す剣豪になることは容易に想像がついた。

この太刀筋はいわゆる後《ご》の先《せん》であり、敵から仕掛けてくることはない。それならば……。

信長は呼吸を整えると、一気に前に出て、上段から攻めたてた。

太刀が肩を打ち砕《くだ》く寸前、半身になった敵が懐に滑《すべ》りこんできて、その小手を狙う。鋭《するど》い太刀筋だ。

しかし、信長はそれを読んで左にかわすと、横にまわりこみ、下から腕を斬りあげた。

凄まじい勢いで、両の手首が宙を舞う。刀を持ったままだ。

血が噴きだして、大地を赤黒く染める。武家は悲鳴をあげて、ひざまずいた。

信長はさがって息をつく。右手の甲を見つめると、わずかに斬られた跡がある。

危機一髪だった。

かわすことができたのは、何度となく利厳と戦っていたからだ。あの速さを知っていたからこそ、先読みして反撃につなげることができた。

「これで終わり……」

そこで、信長の肩に痛みが走った。

小刀が突き刺さっている。

振り向くと、先刻、小手を斬った男が脇差を抜いて間合いを詰めていた。声を張りあげ、刃を振りあげる。

信長はさがるも、間に合わない。

斬られると思ったところで、武家の動きは止まった。息を詰め、あおむけに倒れる。

むきだしになった首の後ろに、小刀が突き刺さっているのが見えた。

信長が周囲を見まわすと、楠の裏で人影が揺れた。急ぎ駆け寄ったが、もう影は消えてなくなっていた。気配すらない。

肩を押さえながら、信長はその場に立ち尽くす。その手は、強く握《にぎ》りしめられていた。

五

事件のあった翌日、信長は朝から手紙を書きはじめた。なにも言わず、ただひたすらに筆を振るい、できあがった書状は光秀を通じて各所に出した。

なんの説明もしなかったし、誰もその行動の意味を尋ねようとはしなかった。光秀も黙って下知《げち》に従った。

何度か書状をやりとりしたあとで、信長は出かけた。

帰ってきたのは三日後で、その翌日にはふたたび屋敷をあとにした。向かったのは、於玉ヶ池の畔《ほとり》にある茶屋である。

茶屋に入ると、すでに客は待っていた。

「ご無沙汰《ぶさた》しております。あのあと、なんの挨拶もせず、申しわけなく思っていました」

奥座敷で頭をさげていたのは、あの遠野親兵衛だった。

身支度を調えた彼は、凜々《りり》しかった。声にも振る舞いにも筋が通っていて、見ていて気持ちがよい。これが本来の姿なのであろう。

「いや、かまわぬ。儂もなにも言わなかったしな」

「なおさらです。住処はわかっていたのですから」

「済んだことはよい。今日は訊きたいことがあって、ここまで来てもらった」

信長が書状を出した相手は数多かったが、そのうちのひとりが、この遠野だった。彼は今回の件で事情を知る立場におり、なんとしても会って話がしたいと考えていた。

快《こころよ》く呼びだしに応じてくれたのは、ありがたいかぎりだ。

「さっそくだが、訊きたいことがある。まずは……」

「お待ちくだされ。それでしたら、手前より適した方がいらっしゃいます。どうか、その方とお話しください」

「なんだと」

遠野が席を譲《ゆず》ると、それを待っていたかのように襖《ふすま》が開いて、肩衣《かたぎぬ》姿の武者が姿を見せた。さりげなく信長の前に腰をおろすと、頭をさげる。

「無礼な振る舞い、ご容赦ください。遠野から話を聞きまして、ぜひお目にかかりたいと思い、勝手に割りこませていただきました」

武家は、もう一段、頭をさげて語った。

「申し遅れましたが、手前、真田伊豆守信之と申します」

「なんと」

真田信之といえば、信州上田九万五千石を領する大名だ。その名は天下に轟《とどろ》いており、単なる老人と話をするために、江戸の町に出てきてよい人物ではない。それがまさかこのような形で信長と対面し、しかも頭をさげるとは。体面にこだわらない人物とは聞いていたが……。

「遠野のみならず、江崎まで助けていただき、本当にありがとうございます。このふたりは、今後の真田家を支える宝。手前の迂闊《うかつ》な振る舞いで、ふたりとも失いかけたところを貴殿のおかげで、なんとか家中に残すことができました。本当にありがとうございました」

「丁寧《ていねい》な挨拶、痛み入る」

信長は、声をおさえ気味にして答えた。

「頭をあげてくだされ。そのようにされては、いささか話しにくい」

信之は迷っていたが、再度、信長がうながすと顔をあげた。

年は四十を過ぎているはずだ。引き締まった顔には、大名にふさわしい風格が漂っている。

肩衣はおろしたてで、若草色の小袖との組みあわせが絶妙であった。痩身で、無駄な肉はいっさいない。むしろ、頬の肉が落ちているところを見ると、細すぎるようにすら感じられる。

信長を見る瞳には、力強い輝きが宿っている。さすがに、戦国の世を渡り歩いてきただけのことはある。

「わざわざのお越し、痛み入る」

信長は、しばし信之と語りあった。

話題は江戸の花鳥風月《かちょうふうげつ》に関することだったが、信長が話題を振ると、巧みに信之は応じ、江戸の風俗にくわしいことを示してみせた。好んだのは、愛宕山からの風景で町が一望にできるのがおもしろいと語った。好みの桜があることも教えてくれて、興味をそそられた。

「おもしろい話を聞かせてもらった。楽しかった」

「不調法で申しわけありませぬ。なかなか思ったようにはいきませぬ」

「そのようなことはない。さて、では本題に入るか。江崎と申す侍の話だ」

信之は無言でうなずく。

「いったい、なにが起きている。今回の件、単なる家臣の取りあいではあるまい。

なにか裏で動きがあるように思えるが、どうか」

信長は、信之が執拗に嫌がらせを受けているであろうと語った。それは城内だけでなく、市中でも起きていて、真田家の家臣は言いがかりのような被害をこうむっていると。

将軍家からは無理難題を押しつけられて、そのたびに信之が釈明《しゃくめい》にあたるということが続いているようだった。

「よくご存じですな」

「知り合いの坊主がくわしくてな。あと、武家には伝手《つて》がある」

信長は、細川家や黒田家にも書状を出した。長政や忠興は江戸を離れていたので、直に返答はもらえなかったが、事の次第を言い含めておいてくれた家臣が事情を細かく教えてくれて、真田家に対する嫌がらせを的確に知ることができた。

「儂も襲われた。殺す気だったな」

「聞いております。誠に申しわけありません」

「首を突っこんだのは儂よ。文句は言わぬ。ただ、殺されるのであれば、理由《わけ》ぐらいは知っておきたい。ここまでこじれたのはどういう理由《わけ》で、いったいなにが原因なのか」

信長はあえて無礼な口調で話をした。

大名相手には許されない振る舞いであり、手打ちにされてもおかしくない。戦国の遺風が強く感じられる江戸ならば、なおさらだ。

だが、信之は表情を変えることなく、静かに信長を見ているだけだった。遠野もなにも語らず、信長のかたわらに控えている。

不自然な態度で、こちらにもなにか裏がありそうな気がするが、信之の態度から本音を垣間《かいま》見ることはできなかった。

「真意は、はかりかねます。我らとしても、すべての事情を知っているわけではないので。ですが、将軍家が、我が家を貶《おとし》めるつもりでいることは間違いないかと」

「上田の戦いがあったからか。しかし、それは……」

「たしかに、それもございます。それ以上に、我が家の動向を気にしていると思われるのです」

「どういうことだ」

「おそらく、豊臣方につくつもりなのでは、と考えておるのでしょう」

「そんな馬鹿な」

関ヶ原の戦いのとき、信之が父や弟と別れて、家康に味方したことはよく知られている。上田攻めでも信之は秀忠の軍勢に加わり、弟の信繁《のぶしげ》が守る戸石城《といしじょう》を攻めていた。

徳川家に対する忠義は本物であり、だからこそ家康は戦後、上田の地を与えたのである。

その信之が豊臣勢に味方するものなのか。政情にはくわしくない信長の目から見ても、ありえないことのように感じられる。

「手前もそのように考えておりますが、将軍家はそもそも疑いの目で、我らを見ており、申し開きをしてもまったく聞いてもらえません」

信之は、九度山《くどやま》の昌幸や信繁に金銭や食糧を送っている。ふたりは生活の手段を失っているのだから、助けるのはあたりまえであり、糧米を送るにあたっては当然、幕府にうかがいを立てている。なんら問題はないはずだったが、それすら将軍家は気にしたようで、文句をつけてきたとのことだった。

「家臣が行き来しているのも気に入らないようで、内々に話を合わせているのであろうと詰問されました」

「無茶《むちゃ》を言う」

「決め手となったのは、豊臣家の態度でして、天下普請の際、豊臣家の家臣が普請奉行となって江戸を訪れたのですが、我が家を訪ねて、わざわざ挨拶していきました。秀頼さまから贈り物をいただきましたが、それが将軍家には気に入らなかったようです。なにがしかの話しあいがおこなわれたのではないかと、さんざん訊かれました」

「話をしたのか」

「いいえ。挨拶だけで終わりました。贈り物も受け取りはしましたが、いまは放ってあります。機会を見計らって、豊臣家に返すつもりです」

「その話、表沙汰《おもてざた》にはなっていないようだが」

「公《おおやけ》にはしておりませぬ。痛くもない腹を探られても困りますので」

豊臣勢が味方を増やすため、各地の大名に声をかけているという話は、信長の耳にも届いている。光秀も細かく教えてくれたし、細川忠興も西国の状況を説明するときに、その点に触れた。

「やりたいことはわかるが、いささか無茶が過ぎる」

信長は首をひねった。

「無理して味方に引き入れようとすれば、みずからの立場が危うくなる。あのいえ……いや大御所であれば、許しはしまい。早々に戦となり、豊臣家は追いこまれるだろう。へたをすれば、大坂の城は丸焼けとなり、一族郎党皆殺しの憂き目に遭う」

いまさら天下はくつがえらない。豊臣家が生き残るためには、家康に臣従し、いまの知行を保証してくれるように頼みこむしかない。

合戦をしたところで、徳川勢には勝てないわけで、負けるとわかっていて味方する勢力が出てくるはずもなかった。せいぜい、行き場のない浪人衆が騒ぐぐらいだろう。

どうしても仕掛けたいのであれば、家康が死んでからにすればよい……それすら待たずに、無理に手を広げている。おのれの首を絞めているのも同様だ。

豊臣家は資金的に余裕があるのだから、攻め手はいくらでもある。

二十年、三十年と天下泰平が続き、領土の増えない武家の生活が苦しくなったところで、さりげなく支援をおこない、味方を一気に増やすという策もできる。そのときであれば、徳川の旗本さえ切り崩すことができよう。

秀頼は若いのであるから、いくら時をかけてもよい。大事なのは、いま隙《すき》を見せないことであろうに。

「それが見えぬほど、豊臣の家臣は馬鹿なのか」

信長のつぶやきに、信之は応じなかった。聞こえなかったのか、それともわざと反応しなかったのか、そのあたりはよくわからない。

「すまぬ。つまらぬことを言ったな。それで真田家の話だが……」

「我が家と豊臣家の間に、つながりはまったくございませぬ。ですが、将軍家はこれまでの話をつなぎあわせて、さながら、そこに確固たるつながりがあるかのように考えて、追いつめてきております。江崎の件にしても、我らを追いつめる策のひとつでしかありませぬ。外堀を埋めて、最後には討ち滅ぼすつもりなのでございましょう」

「要するに、取り潰すつもりであると」

「さようでございます」

将軍家は、真田家に怨みを抱いている。ここで豊臣家とつながっていることをこじつけて、無理にでも潰してしまえば、一気にそれを晴らすことができる。ついでに上田に配下の旗本を送りこめば、勢力の拡大にもつながる。

一挙両得の良策と考えていることは、十分にありえる。

「馬鹿馬鹿しい話だな。そのようなことをしても、他の大名に不信の種《たね》を植えつけるだけで、なんの得にもならぬ。へたをすれば、気持ちが豊臣に流れてしまうだけだ」

またも信之は応じなかった。将軍家を批難することを嫌ったのであろう。

「さて、どうしたい」

あらためて、信長は信之を見やった。

「この騒ぎ、どう片づけるか」

「江崎を手放すつもりはございません」

信之は即答した。

「旗本となって江崎が報いられるのでしたらよいのですが、そうはいきますまい。おそらく飼い殺しになるかと。あれほどの者が、なんの役目も与えられぬまま、鬱々《うつうつ》としている姿は見たくありませぬ」

「見捨てれば、楽になる。嫌がらせも止まると思うが」

「江崎は、致仕してもよいと申しておりました」

遠野が割って入った。

「殿を苦しめるのは本意ではない。浪人となり、諸国を放浪するのも悪くないと」

「それこそ、私の本意ではない。身内を追いこんでどうするのか」

「殿……」

「大事な家臣だ。最後まで守っていく」

信之は背筋を伸ばして応じた。力強い言葉は、彼の本音だろう。

正直な人物だ。あえて楽な道を選ばず、家臣に寄り添う姿勢を見せている。だからこそ家臣は、信之を信頼して、その意に従うのであろう。

ふと、信長の脳裏《のうり》に、かつての家臣が思い浮かぶ。

柴田勝家、丹羽《にわ》長秀《ながひで》、滝川一益、池田《いけだ》恒興《つねおき》……。彼らはどうだったのであろうか。本心から、自分のことを信頼していたのであろうか。

「どのようにすればよいのか、ご教授いただきたい」

頭をさげる信之に、信長は顔をしかめて応じた。

「儂にそんな力はない。単なる浪人にすぎぬ」

「そのようなことは……先年、あの大久保長安に逆らい、家臣の屋敷に攻めかかったことは聞き及んでおります。見事に先手を取って、勝ちをおさめたとのこと。見事な手並みで、並の者にそのようなことはできませせぬ」

信之は淡々と語る。

「黒田家の揉め事をおさめたことも聞きました。鷹匠《たかじょう》をめぐる争いにつきましては、直に細川家の家臣とも話をしました。いずれも見事なやりようで、驚いております」

信之は、信長が過去に引き起こした事件について、調べを入れていた。

大久保長安との騒動については、表向きかぶき者と長安の家臣がやりあったことになっており、信長の存在は表に出さなかった。

おみちと黒田家の侍が揉めたときも同様で、真相を知っている者は少ない。

遠野から話を聞いて、独自に調べていたのであろう。たいした手腕だ。

信之は、単なる硬骨漢《こうこつかん》ではない。戦国大名らしいしたたかさも、持ちあわせている。

手のひらで踊らされたような気もするが、それもおもしろい。

ここのところ、退屈な日々が続いて飽き飽きしていた。ここは、思いきり引っ掻きまわしてやろうか。

「あいわかった。では、思うところを話そう」

「ぜひ」

「いっそ表沙汰にしてしまえ」

信之は首を傾《かし》げた。意味がわからないらしい。

「裏でこそこそ動いているから、やりにくくなるのだ。派手に騒ぎを起こして、面倒が起きていることを天下に知らしめてしまえばよいのよ。知る者が増えれば増えるほど、相手を引きずりまわすことができるというものだ」

信長は悪戯《いたずら》小僧のように笑いながら、思いついた策を語った。

信之と遠野は顔色を変えた。

そんな無茶な、というつぶやきが響くが、かまうことなく信長は先を続けた。

じつに楽しいことになりそうだった。

六

奇妙な噂が広まったのは、五月に入ってからだった。

奥州の伊達家が、真田信之の家臣に興味を持っているという。先日おこなわれた剣技の仕合で、並み居る剣豪を叩きのめした。そこには、旗本で、柳生新陰流の遣い手もいた。

それほどの者ならば、ぜひ家臣に迎えたいということで、当主の政宗がわざわざ真田家に赴き、面談した。当主の信之は困惑しつつも会い、話を聞いたとのことだった。

話はまたたく間に広がり、大名でも足軽でも顔を合わせれば、家臣引き抜きの件について語りあった。伊達家とは犬猿《けんえん》の仲である上杉家でも話題になったことから、どれだけ騒ぎが大きくなったかがわかる。

町民にも、噂は広がった。天下普請が続き、町民が大名屋敷に出入りする機会が増えていたおかげで、物見高《ものみだか》い商人は、わざわざ真田家や伊達家の屋敷へ赴き、その様子をうかがったほどだ。

この事態に困惑したのが、将軍家である。ひそかに引き抜きをはかっていたのに、伊達家の参入で話が大きくなり、進退が窮《きわ》まってしまった。

いかな将軍家といえども、六十二万石の伊達家には気を遣う。政宗は、秀吉や家康を相手にしてもおのれを通した人物であり、騒ぎを起こすと面倒だった。

やむなく、将軍である秀忠が政宗と会い、内々に手を引くように頼むつもりだったが……。

なんと政宗は、その場で秀忠に対し、家臣引き抜きの件で手を貸してほしいと頼みこんだ。どうしても江崎という者を家臣にしたいので、真田家に口添えをしてほしいと。

そのためならば、家宝の名刀、鎺国行《はばきくにゆき》を譲ってもよい、とまで語った。

秀忠は困惑して、返事ができなかった。

混乱が広がるなか、今度は播磨《はりま》五十二万石の池田照政《てるまさ》が割って入り、江崎が欲しいと申し出た。話を聞くかぎり、相当の達人であり、池田家が召し抱えるのにふさわしい。ここは相手が伊達家であろうと譲れない、と語った。千五百石の知行を出すというのであるから、破格である。

さらに他の大名も興味を示しているという話が広がり、混乱はさらに広がった。

七

「やってくれたな。ここまで騒ぎを大きくするとはな」

信長は、正面に座った武家を睨みつけた。

茶の小袖に袖なし羽織《はおり》といういでたちで、一見したところ地味《じみ》に見えるが、羽織の背中には珠《たま》を手にした金の昇《のぼ》り龍《りゅう》が刺繍《ししゅう》されており、天下無双のかぶき者という印象を強く打ちだしていた。

「なにを言うか。儂はやれと言われたからやっただけだ。そこのご老体にな」

伊達政宗は、光秀を横目で見つめた。

「騒ぎを大きくしろと言うから、派手にやった。将軍家を巻きこんで、他の武家にも声をかけて、話が津々浦々《つつうらうら》まで広がるように手を尽くした。ついでに上方《かみがた》にも書状を出したから、そっちでも広まっているぞ。豊臣家が動いたとしても、おかしくはない」

「そっちはおもしろいな。西の連中が騒ぎだしたら、おさまりがつかなくなる」

「笑い事ではありませんぞ」

渋い表情をしたのは、光秀だった。目の下には隈《くま》があり、事態に振りまわされていることが見てとれる。

ざまを見ろ。たまには痛い目に遭うがいい。

信之との打ち合わせで、信長はすべてを表沙汰にするべきと主張した。

事の次第が余人にも知られるようになれば、将軍家も面目《めんもく》があるため、無茶はできない。強引に奪い取れば、評判は一気に落ちるわけで、代替わりしたばかりの秀忠としては、それは避けたいところだ。

だから、信長は政宗を動かした。光秀を動かして、家臣の引き抜きについて告げ、事を大きくして将軍家の動きを封じるように頼んだ。

実際、政宗はよくやってくれたのであるが、まさか、ここまで話が広がるとは思わなかった。

今日、柳町の三浦屋に政宗を呼びだしたのは、この先のことを相談するのと同時に、これ以上の騒ぎをおさえるためだった。

西国が動けば、信長はおもしろいが、真田家がそれを受け止めきれるかどうかはわからない。話題の中心である江崎が、妙なことを考えるかもしれない。手は打っておく必要があると思ったからこそ、政宗と同時に、光秀にも声をかけていたのである。

かつて押しこめられた座敷で、ふたたび顔を合わせるというのはおもしろい。そう思ったからこそ、政宗もなんの条件をつけることなく現れたのであろう。

「結城秀康さまが亡くなって、いろいろと手を尽くさねばならぬところで、こんな話に煩《わずら》わされて。たまったものではありませぬぞ」

「わかるが、将軍家の横槍《よこやり》、おぬしも快《こころよ》くは思っていなかっただろう。少しぐらいならば揺さぶってもかまわぬと言っていたではないか」

「まさか、ここまでとは思わなかったので」

「それは、この御仁《ごじん》に言うのだな。ちと読みが狂った」

信長が横目で見ると、政宗は笑った。

人柄の悪さが露骨《ろこつ》に出ており、それが見ていていっそ心地よい。天下を目指す者は、これぐらいの悪辣《あくらつ》さが欲しいところだ。

「将軍家には、ちくちくといじめられていたのでな。やり返したかった」

政宗は悪びれることなく語った。

「もう少し、他の大名に声をかけてもおもしろかったな」

「でしたら、上杉家に話をすればよかったのでは。手前が話を取り持ちましたぞ」

光秀の言葉には刺《とげ》があった。

上杉家と伊達家の仲が悪いことを承知のうえで、このようなことを言うのだから、よほど腹に据えかねているらしい。

政宗は笑っていなしたが、瞳の輝きは剣呑《けんのん》だった。

生粋《きっすい》の戦国武将というものは、質《たち》が悪い。光秀も政宗もいまだ闘気は衰《おとろ》えておらず、本気になれば、兵を率いて相手の屋敷に乗りこむぐらいのことはする。

「やりすぎであったことはたしかだが、おかげで将軍家の動きは封じることができた。あとは決着をつけるだけであるな」

信長はみずからの策を語ると、政宗は笑い、光秀は顔をゆがめて聞いていた。

「なるほど。それで手打ちか。悪くない」

「勝てばすべてがうまくいくし、負けてもみなが納得するだろう」

「これでよいか。ご老僧」

政宗が声をかけると、光秀はうなずいた。

「早く事をおさめることができるのなら、なんでもかまいませぬ」

「では、決まりだ。手はずを整えてくれ」

信長が指示を出すと、光秀はうなずき、一礼してから座敷を立ち去った。

残されたのは、いまだ天下を目指す奥州の覇者と、すでに天下を失って江戸に流れ着いた老人だけだ。男ふたりは壁に身体をあずけ、隣りあわせで座っていた。

政宗が徳利を差しだすと、信長は盃で受けた。一気に飲み干す。

代わって、信長が酒をそそぐと、政宗もゆるりと飲んだ。

立て続けに二杯だ。

夏の熱い風が吹きこんでくる。海が近いとはいえ、三浦屋の周囲には遮《さえぎ》るものはなく、日射しは容赦なく降りそそいでいる。暑さがやわらぐことはない。

ふたりは汗をかきながら、無言で酒を酌み交わした。

低い声が響いたのは、彼方から潮騒《しおさい》の音色が届いたときだった。

「おもしろい奴だな、おぬしは。付き合っていて飽きぬ」

「儂は疲れるぞ。振りまわされてばかりでしんどい。年だな」

「よく言う。話を大きくしているのはおぬしではないか。勝手次第にやりおって」

政宗はそこで首をひねった。

「おっと、さすがに生意気だったかな。第六天魔王殿」

「そんな奴は知らぬ。ここにいるのは単なる老人の爺よ」

「そう思うのはけっこうだが、ここまで暴れまわると、嫌でも人目を引くぞ。気にする連中も増えてきている」

政宗は、三浦屋で騒動があった直後、細川家と黒田家から書状が来たことを告げた。どちらにも、かかわった老人を粗略《そりやく》に扱わないでほしいと記してあり、それだけで尋常ではないことがわかったようだ。

「例の家臣の引き抜きで、池田家から話があったときも、しきりに、おぬしがかかわっていることを気にしていた。むしろ、おぬしがかかわっていたからこそ、引き抜きの件に首を突っこんだと見るべきだな。池田右近《うこん》殿の書状でも、その点に触れていた」

政宗が盃を放り投げると、柱にあたって乾《かわ》いた音を立てた。

「大御所さまの側近に平然と下知《げち》を出し、名のある大名がその動向を気にかける爺さま。さすがに気になるではないか」

「であるか」

「その言いまわしもな。聞いたとおりであれば……」

政宗がそこで口を閉ざした。信長が手を振って、話を止めたからだ。

「同じことを言わせるな。儂は単なる爺。ちょっと天下に触れただけのな。それでよい」

ほかにはなにもない。

地位も名誉も所領も失った老人だ。手元にはなにもない。

だが、それがいい。子どものころと同じぐらい、あるいは、もっと心が軽い。

自由闊達《かったつ》、風の吹くままに生きていける。

それが、どれほど幸せであろうか。

「勝手に生き、勝手に死ぬ。それが儂よ。ほかはすべておまけにすぎぬ」

政宗はなにか言いかけたが、言葉になる前に口を閉ざして笑った。これまでの邪気は消え、少年を思わせる清々しい笑顔を浮かべている。

「そうだな。それもよいかもな。羨《うらや》ましいぐらいだ」

「まだ、おぬしは荷をおろすには早かろうて」

信長は立ちあがった。

活気がみなぎっているのが、自分でもわかった。将軍家を相手に策を講じて戦ったことで、覇気が戻っていた。これならばやれる。

「では、決着をつけようか。将軍家の横っ面《つら》をひっぱたいてやる」

信長の声は、夏の日差しが差しこむ座敷に朗々《ろうろう》と響いた。

八

信長が政宗の後ろで背を伸ばしたところで、高い声が響いた。光秀だ。

庭は広く、距離が離れていたにもかかわらず、高い声はよく聞こえた。

「刻限になったので、これより立ち合いをおこなう。各々《おのおの》方、前に」

光秀が声をかけると、信長の前に控えていた四人の武家が立ちあがった。小袖に袴という簡素ないでたちで、全員が襷《たすき》をかけている。鉢巻《はちまき》をしていないのは、右端の江崎吉右衛門だけだ。

いずれも表情は硬く、決戦の場に赴いていることを十分に理解していた。

「あらためて、今回の立ち合いについて説明しておく」

光秀は、四人の前に立った。

「この四人は、上さま、伊達家、池田家、真田家、真田家から選ばれた者で、今日、この場で戦う。そこで勝った者の家が、真田家中、江崎吉右衛門を迎え入れることができる。負ければそれまで。物言いはいっさい受けつけぬ。委細、承知していただきたい」

立ち合いに向かう四人は、同時にうなずいた。

かたわらで控える立会人も同様だ。

光秀が触れたとおり、事前に説明はしてあり、全員がそれに納得している。

江崎吉右衛門の件を解決するため、信長が打ちだした策……それが、これからおこなわれる剣技仕合《けんぎじあい》だった。

各家から代表を出し、剣の優劣を競わせる。そこで勝った者の家が、江崎を迎え入れる資格を得るという格好だ。

望まなくとも、江崎はかならず勝った家に仕えねばならず、真田家も文句をつけることはできない。逆に、たとえ将軍家であっても、仕合に負ければ、江崎から手を引き、今後もかかわることはいっさいできない。

剣士をめぐる争いは剣技で決着をつける。それが信長の狙いだった。

光秀はかかわりのある家をまわって、仕合についての打ち合わせをおこなった。

伊達家に関しては最初から加わることが決まっており、さしたる問題はなかった。場所も、伊達家の上屋敷が使われることになっていた。

池田家も文句をつけることはなかった。

問題は将軍家で、光秀が話を持っていくたびに、難癖《なんくせ》をつけてきて手間取った。仕合に同意するまで五回も話しあい、さらに大まかな決まりを定めるのに、さらに四回の打ち合わせをおこなった。

決まったことを反故《ほご》にして、最初から仕合のやり方を決め直さねばならないこともあったし、約束してあったのに、将軍家の代表者が姿を見せないことも何度となくあった。

さすがに光秀は業《ごう》を煮やし、秀忠の家臣の前で言いきった。

「これ以上、手間をかけさせるようならば、大御所さまに動いてもらうことになりますぞ」

怒りのひとことに、さすがに将軍家も恐れをなし、光秀の提案を受け入れた。

家康に、今回の醜態を見せるわけにはいかなかったのだろう。

ようやく大枠《おおわく》が決まり、今日、伊達家上屋敷の庭園で仕合がおこなわれる。

顔をそろえたのは代表の四人と、各家から出向いた四人の立会人、政宗、光秀、さらには信長の十一人だった。

なんとか体裁《ていさい》が整ったのは、光秀が全精力を傾《かたむ》けて仕儀《しぎ》を整えてくれたからだ。苦労してくれたことが見てとれたので、さすがに信長も今回は礼を言った。

「かまいませぬ。やりたくてやったことですから」

光秀は渋い声で応じたが、その表情には照れがあった。

戦いは、将軍家、池田家、伊達家の三家が総当たりで戦い、勝ち残った者が真田家の代表、今回は江崎その人と剣技を競いあうことになる。途中で戦うことができなくなったときには、その家は引き抜きの争いから脱落する。

最初に呼びだされたのは、池田家と伊達家の家臣だった。

茶の小袖に灰色の袴という池田家の家臣は、堂々とした体格の持ち主で、呼ばれると一礼して、庭の中央に赴いた。

　一方、伊達家の家臣は小兵《こひょう》だったが、動きは俊敏で、無駄のない動きをしていた。

「双方、名乗りを」

「池田家中、桑田惣右衛門《くわたそうえもん》」

「伊達家家中、蓬田八兵衛《よもぎだはちべえ》」

「はじめ」

　光秀の声で、ふたりが前に出て、得物《えもの》の木刀を構える。

　勝負は簡単についた。蓬田が凄《すさ》まじい速さで懐に飛びこみ、相手の小手を叩いたのである。木刀の一撃で、手の骨が砕《くだ》かれてしまい、それ以上は戦うことができなくなった。

　すぐに、勝者と将軍家の剣士が戦うことになり、両者が庭の中央に歩み出た。

　砂利の上で、両者が剣を構えて睨みあう。

「伊達家家中、蓬田八兵衛」

「将軍家家中、立花安兵衛《たちばなやすべえ》」

　光秀が声をあげると、両者は互いに前に出た。

　先手を取ったのは蓬田で、先刻と同じく間合いを詰め、神速で小手を放つ。

立花は、それがわかっていたかのように剣を引いて、相手がさがるのにあわせて、上段から打ちこむ。切っ先が袖をかすめる。

信長はその動きから、立花が新陰流の遣い手であることに気づいた。しかも、相当に腕が立つ。

蓬田が後退するも、すぐに体勢を立て直して、右袈裟の一撃を放つ。

それにあわせて、立花は身体を引いてかわして、巧みに小手を狙う。二度、三度と攻めたてるも、なんとか伊達家の剣士はかわす。

不利を感じたのか、声をあげて伊達家の剣士が前に出てくる。八双の構えで、その動きは驚くほど速い。

必殺の袈裟斬りが放たれる寸前、立花は左足を前に踏みこみ、敵の一撃をかいくぐって、左の肩口を激しく叩いた。

呻《うめ》いて相手がさがったところで、凄まじい剣速で顔面に突きを放つ。

鼻を叩かれて、蓬田は吹き飛んだ。あおむけに倒れたまま動かない。

あわてて立会人が駆けつけたが、気を失っていて、言葉をかけてもまったく反応しなかった。

顔は血で赤く染まっている。

これ以上戦うのは無理であり、即座に光秀が手当《てあて》を命じた。

残ったのは、蓬田と江崎吉右衛門だけだ。

光秀が合図すると、江崎は立ちあがった。

その目が一瞬だけ、真田家の立会人を務める遠野親兵衛に向く。遠野がうなずくと、江崎は胸を張って戦いの場に赴いた。

「これが最後の仕合。勝った者が、江崎吉右衛門の家中を決める」

双方が名乗ったところで、光秀がはじめの声をかける。

江崎は青眼に構えていたが、間合いを詰めるのにあわせて、刀身をさげた。最後には、切っ先が地面を這う寸前まで落ちる。

地擦《じず》りの太刀である。下段から巻きあげる剣法で、太刀筋が読みにくい一方、上半身に大きな隙があり、正面からの打ちこみには弱い。

木刀をさげたまま、江崎は前に出る。

一方で、立花は動かない。力を抜いた構えで、相手が攻めてくるのを待っている。

風が舞い、夏の雲が頭上の陽光を隠したとき、江崎が立花に迫り、木刀を振りあげた。

下から腕を攻めるが、立花はそれを読んで、切っ先を払ってかわした。そのまま江崎の小手を攻める。

江崎は巧みにさがって剣尖《けんせん》を外すと、上から肩口を狙う。

立花はさがってかわして、間合いを取った。

双方とも卓越《たくえつ》した剣技の持ち主だ。動きに無駄がない。

江崎の下段からの一撃は意外な太刀筋で、はじめての者には不利なはずだったが、立花は難なくかわして攻めたてた。

逆に立花の小手は剣尖が最短距離を走って迫ったが、さりげなく江崎はかわして、間合いを取る余裕を見せた。

信長は息を詰めて、両者の立ち合いを見守る。

江崎がふたたび間合いを詰めたところで、今度は立花も前に出てきた。今日、はじめて見せる攻めの姿勢だ。

江崎が止まることなく下段からの一撃を放つと、立花はその切っ先をかわして、さらに前に出た。腹部を狙って、強烈な突きを放つ。

江崎は身体をひねってかわすと、上段から太刀を振りおろす。

立花は半身になってかわし、横からの一撃を放つ。それは、中途で下から振りあげられた江崎の一刀で払いのけられた。

それでも怯《ひる》むことなく、立花はその場に踏ん張り、上段から太刀を振りおろす。

江崎は下段からの攻撃で、それを払いのける。

上と下からの攻撃が二度、三度と続く。

流れが変わったのは、江崎がさらに刀をさげたときだ。立花は八双に構えて、勝負の一撃を放つ。それは流れに乗った見事な攻めで、柳生新陰流の転《てん》そのものだった。

木刀がまさに、その頭を叩く寸前、懐に飛びこんだ江崎は立花の腕を左手でつかんで、その動きをおさえた。

ひねりを入れて、太刀筋を変えたところで、右手一本で木刀を振りあげ、その手首を下から叩く。

痛烈に叩かれて、立花は木刀を落とすと、その場で膝《ひざ》をついた。

政宗が声をあげる。信長も思わず身を乗りだしていた。

「おおっ」

江崎はさがって、地擦りの構えを取る。それ以上、攻めなかったのは、勝負がついたと判断したからだ。

「それまで。江崎吉右衛門の勝ち」

光秀が宣言して、会場の空気が一気にゆるんだ。

江崎は口を結んだまま一礼すると、かたわらの立会人を見つめる。

それを受けて、遠野は何度も手を握りしめて、何度も首を縦に振った。懸命に感情をおさえているのが見える。

決着はついた。あとは、すべてがもとの鞘《さや》に収まるのを待つだけだった。

九

「今回は、本当にお世話になりました」

信長の前で両手をついたのは、江崎だった。隣の遠野もそれにならう。

「おかげさまで、引き抜きの話は沙汰止《さたや》みとなりました。将軍家は手を引き、もう口を出すことはないと約束してくれました。これも、みなさまが手を尽くしてくれたおかげです。本当にありがとうございました」

「なにを言うか。事がうまくおさまったのは、おぬしが勝ったからだ」

信長は力強く言った。江崎が真田家に留まれたことは、素直に嬉しかった。

「あそこで新陰流の剣士に負けていたら、すべてが終わっていた。道を切り開いたのはおぬしであるから、胸を張って堂々としているがよい」

「ありがとうございます」

江崎は深く頭をさげた。地面の上で膝をついているので袴が汚れてしまうが、気にした様子は見せなかった。それだけ感謝の念が強いのであろう。

三人が話をしているのは、於玉ヶ池の畔に建つ、いつもの茶屋だった。

今日は座敷ではなく、外に縁台を用意して、蓮《はす》の花を見る会を開く予定になっていた。江崎をめぐる騒動がおさまったので、宴《うたげ》を催してみなの苦労をねぎらうためだ。

もっとも、ただ酒を飲みたいだけの者もおり、その人物は先刻から縁台に座って手酌《てじゃく》で飲んでいた。

「もう終わったことを細かく言うな。将軍家には、俺からも言っておく。気にせず、今日は呑めばよい。さあ、こっちに来い」

伊達政宗は呼びつけると、江崎と遠野は飛ぶようにして駆け寄り、膝をついて盃に酒をそそいだ。顔はすでに赤く染まっている。

「単なる酔っ払いですな。あれは」

「よいではないか。おぬしも飲まぬか」

信長に誘われて、光秀は酒をすする。盃はまたたく間に空になる。

「相変わらずの生臭坊主ぶりよ」

「よいのです。今回は、私がいちばん苦労したのですからね。仏さまも許してくれましょう」

「おう、もう足りんな。すまん、阿国、奥から持ってきてくれぬか」

「いいですけれど、ちょいと時がかかりますよ」

阿国は盃をあおった。空色の小袖がよく似合う。

「今日はうまい酒を飲ませてやるって言われたから来たんです。仕事をするつもりはないですからね」

今日、信長が阿国を呼んだのは、宴の場で踊りを披露してもらうためだった。そのために、うまい酒と料理を振る舞ったのであるが、すでに飲みすぎており、顔は真っ赤だった。

「固いことを言うな。御祝儀ならば、あとでいくらでも出してやる」

政宗の言葉に、阿国は顔をしかめて応じた。

「あてにしないで待っていますよ。まったく、あなたが六十二万石の大名だなんて信じられませんよ」

政宗は、阿国に自分の身の上を明かしていた。屋敷にかくまったときには隠したままにして、今回、あえて身分を明かしたのは、単に正体を知って驚く顔が見たかっただけであろう。

実際、そのとき阿国は目を大きく開けたまま、しばし石像と化したかのように動かなかった。

阿国が光秀とともに茶店の奥に入ったところで、信長は大きく息をついた。視線は空に向く。

日差しが雲に隠れたおかげで、いくらか縁台の周囲は涼しくなっている。六月もなかばを過ぎて、夏はまさに本番を迎えている。この十日ばかりが、江戸でもっとも暑い季節だ。

どれだけ拭《ぬぐ》っても、汗が止まることはない。池からの風も熱気をはらんでいる。まさに盛夏といったところだが、それでも江崎の事件が片づいたおかげで、信長はひさしぶりに穏やかな日々を過ごすことができた。

将軍家が姑息な策略から手を引いたおかげで、真田家をめぐる騒動も終わった。一月の遊郭騒動から続いていた忙しい日々は、ここでひと区切りついた。

「さて、この先は、どうしたものか」

このまま江戸に残って、ゆるりと暮らすか。それとも、しばし旅に出て、浮き世の移り変わりを見てまわるか。どちらも楽しそうで、悩ましいところだ。

信長は周囲を見まわした。

池の畔に立つ大木があり、風が吹くたび梢《こずえ》が揺れている。その音色に妙な濁《にご》りを感じたとき、信長は立ちあがった。

「上さま、どちらへ」

「少し歩いてくる。すぐに戻る」

光秀はなにか言いたそうだったが、すぐに目線を池に戻した。

信長はゆっくり歩いて、大木の陰にまわった。人影が視界に入ったのは、また強い日差しが頭上から降りそそいだときだ。

赤い小袖に裁着袴という格好で、腰には太刀を差している。髪は惣髪だ。

痩身で、顔立ちが幼いせいか、二十代中盤のように見えるが、瞳の輝きには叡《えい》智《ち》がこもっており、長い年月を生きてきたことを感じさせる。

「気がつきましたか」

やわらかい声だった。鈴の音を聞いているかのような軽やかさがある。

「あれだけ気配をばら撒いておればな。こちらに来い、と言っているようなものだぞ」

「ありがたい話です。察していただいて」

「ここへ来たのは、礼を言いたかったからだ。あのときは助かった」

「それも気づきましたか」

「同じ気配だったからな」

　ひと月ほど前、敵を誘《おび》きだした際、思わぬ反撃を受けて、信長は危うく殺されそうになった。

　そのとき、小刀を投げて助けてくれたのが彼だった。命を助けてくれたことには感謝しているが、この頃合いで姿を見せたことは気になった。

「とっくに西国に帰ったと思っていたよ。真田左衛門佐《さえもんのすけ》信繁」

　信繁は表情も変えずに、信長を見ていた。

「九度山にこもっていると聞いていたが、いつ赦免《しやめん》になった」

「まだおりますよ。いまも影の者が留まっています」

「それで、本物は江戸か。徳川の手の者も衰えたな」

「なぜ、私が信繁とわかりましたか」

「なんとなく、というのでは説明にならんだろうな」

信長は笑った。

「だったら、言ってやろう。江崎の件が絡んでいたからだよ。あやつは信之の家臣であるのと同時に、おぬしらともつながり、江戸の動きを上方に伝えていたな。どこまで教えていたかはわからぬが、おぬしらにとって大事であったことはたしかだ。なかなか、うまくやっていたと思うぞ」

信長は、今回、多くの書状を出したが、そのうちのひとつに豊臣家につながる大名に対するものがあった。西国の情勢を確認するためであったが、そこに信繁に関する動向が記されており、江戸在住の真田家家臣と連絡を取りあっていることがあきらかになった。

さらに、細川家からの書状では、信繁が活発に動いていて、細川家とも接触をはかっていることに触れていた。

信長が、今回の件に信繁が絡んでいると見たのは、勘である。ただ状況から見て、なにかが動いているのは間違いなく、信長は自分の判断が狂っていないと確信していた。

「そんなとき、江崎が将軍家に誘われた。これはおぬしらにとってうまくない。

万が一にも本当のことが知られたら、おぬしらはもちろん、真田家も危ない。へたをすれば取り潰しで、将軍家は知らぬうちに、真田家を瀬戸際《せとぎわ》まで追いこんでいたわけだ。なんとか打つ手はないかと思っていたところで、儂がかかわってきた。調べてみて、これは使えると思ったのであろう。裏で事が運ぶように手を尽くして、あとは放っておいた」

「……なぜ、そのように思われたか」

「事がうまくいきすぎたからだ。真田伊豆とやすやす逢えたのもそうだし、仕合を組むことができたのもそうだ。なにか裏で力が働いていることはわかったよ。江崎のことが知られぬようにするために、必死で動いていたわけだ」

信長は小さく笑った。

「その点では、真田伊豆に感謝するのだな。よくやってくれた」

「兄上も、今回の件を知っていると」

「薄々《うすうす》察してはいよう。だからこそ、事が大きくならぬようにみずから動いた。兄がかばってくれなければ、もう少しこじれていたであろうよ」

信繁の表情は変わらなかった。その視線も、信長に固定されたままだ。

「幸い、伊達家の助けもあり、江崎は真田家に留まることができた。この先、あやつはただの真田家の家臣として生きていく。あやつがそう望んだようにな」

江崎と上方の線は、確実に切れる。

たとえ向こうが求めたとしても、信之が許さないだろう。家臣を危険にさらすようなことは、絶対に認めないはずだ。

「すべては終わった。なのに、なぜおぬしは残っている」

「兄上の顔を見ておこうと思ったのですよ。来るのでしょう」

「ああ。世話になったから、ひとこと礼が言いたいのだそうだ。お忍びでな」

「遠くからでも顔を見ることができれば、それでよいと思っていました。この先、会うことがあるかどうかわかりませんから」

「またやるのか」

「なにをですか」

「言わねばわからぬような馬鹿でもあるまい」

信長が語気を強めると、信繁の口元が引き締まった。一瞬で武者の顔に変わる。

それにあわせて、信繁の口元も引き締まった。

「もちろんです。豊臣家には恩があります。潰すというのならば、抗《あらが》うのみ」

「よく言うわ。おのれの力を天下に示したいだけではないか」

「それもありますね。強い徳川家と戦って叩きのめしてみたい。上田でやったように」

信繁の口調には、いっさいの迷いがなかった。堂々と話をしている。

「挑み、名を残す。我らはそのために生きています。相手が何者であれ、背を向けるつもりはございませぬよ」

彼方から笛の音色が響く。次いで、鼓《つづみ》だ。

信長が茶屋を見つめると、いつしか阿国が姿を見せて踊っていた。

ややこ踊りでもなく、かぶき踊りでもない。

彼女しかできない、新しい踊りだ。

身体をまわし、袖を大きく振ってみせる姿は、さながら桃源郷《とうげんきょう》で暮らす舞姫のようだ。遠く離れていても目が惹きつけられてしまう。

「来るか」

信繁は首を振った。馴れあうつもりはないということか。

「だったら、そこで見ていろ。いい江戸土産になるだろう」

信長は信繁に背を向けて、茶屋に足を向けた。

夏の強い日差しが頭上に降りそそぐ。それは、老いてもなお覇気を放ち続ける第六天魔王に深い陰影を刻みこんでいた。

コスミック・時代文庫

浪人《ろうにん》上《うえ》さま 織《お》田《だ》信長《のぶなが》
大江戸戦国剣

2024年5月25日 初版発行

【著 者】
中岡潤一郎《なかおかじゅんいちろう》

【発行者】
佐藤広野

【発 行】
株式会社コスミック出版
〒154-0002 東京都世田谷区下馬 6-15-4
代表 TEL.03(5432)7081
営業 TEL.03(5432)7084
FAX.03(5432)7088
編集 TEL.03(5432)7086
FAX.03(5432)7090

【ホームページ】
https://www.cosmicpub.com/

【振替口座】
00110-8-611382

【印刷/製本】
中央精版印刷株式会社

乱丁・落丁本は、小社へ直接お送り下さい。郵送料小社負担にて
お取り替え致します。定価はカバーに表示してあります。

ISBN978-4-7747-6558-7 C0193